기억의 집

치매어르신을 향한 문화예술치유

우동준 지음

기억의 집

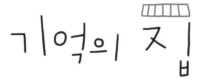

치매어르신을 향한 문화예술치유

우동준 지음

이미『오늘도 만나는 중입니다』(호밀밭, 2020),『내 얼굴에 아버지가 있다』(호밀밭, 2021)라는 좋은 책으로 우리에게 생각의 전환을 촉구한 저자의 새로운 책『기억의 집』을 읽고 나니 마음에 환한 불이 켜지는 느낌을 받습니다. '문화예술치유'라는 다소 생소할 수 있는 단어는 차츰 기억을 잃어가는 이들에게 가장 인간적이고 따뜻한 방법으로, 한순간이나마 기억의 집을 찾아주는 행복한 여정에 동참시키는 사랑의 시도라 할 수 있습니다.

어린 시절의 놀이나 동무, 익숙했던 공간에서의 추억을 떠올리며 미소짓는 이들을 생각하는 것만으로도 기쁩니다. 노인을 그저 메마른 감정으로 대하고 기계적으로만 다루고 가르치는 '돌봄의 대상'이 아니라 '인격적인 존재'로서, '선물'로 대해야 하는 이유를 이 책은 잘 설명해 줍니다.

비록 기억을 잃었어도 지혜의 연륜이 가득한 인생 선배나 스승이기도 한 노인들을 함부로 예의 없이 대해왔던 우리의 잘못된 모습을 반성하게 해 줍니다.

치매라는 진단을 받지 않았어도 이미 부분적으로 '기억의 혼돈'을 체험하며 노년기를 살고 있는 제 개인에게도 참으로 의미 있게 다가오는 멋진 보고서이며 새로움을 더해 주는 책『기억의 집』! 이렇듯 아름답고도 따뜻한 프로젝트로 희망을 주는 문화예술치유 관계자 여러분을 응원하며 알기 쉽게 글로 정리해 준 저자 우동준님에게도 깊은 감사를 드립니다.

이해인(수녀, 시인)

우리의 작업은 덴마크 오로스 민속미술관에 있는 생활사박물관 '기억의 집'에서 시작한다. 흔히 생활사박물관은 일상생활 속에 쓰이던 물건을 전시하고 관람하는 공간으로 알려졌지만, 덴마크에선 조금 특별한 공간을 조성했다. 치매 환자만을 위한 특별한 집이자 특별한 방, 바로 어르신을 위한 '기억의 집'이다.

1950년대 어느 덴마크 평범한 가정의 모습을 그대로 옮겨둔 '기억의 집'은 그 방을 찾아오는 치매 환자들에게 내가 그리워하던 풍경들, 내가 즐겨 먹던 음식의 냄새와 손때가 묻은 집기를 제공해 의식 깊숙이 존재한 잔존 기억을 발견하도록 안내한다. 치매 어르신의 자유를 제한한 채 침상 위가 가장 안전하다고 말하는 것이 아니라, 어르신의 존엄을 인정하며 그들이 직접 걷고, 만지고, 극대화된 신체활동으로 세상을 감각하며 정서적 회복을 이룰 수 있도록 곁에서 세심히 안내하는 시공간적 시도가 바로 '기억의 집'인 것이다.

덴마크만이 아니다. 영국에서도, 미국에서도 개인의 기억을 공간으로 혹은 거리로 재현하는 시도는 이어진다. 이들 국가는 '치매'가 더 이상 불행한 몇몇 가정만의 문제가 아니라 사회와 국가공동체의 문제임을, 문화 예술적 시도를 통해 어떻게든 더 많은 사람의 입에서 치매란 단어가 꺼내지고 고민되어야 한다는 걸 인지하고 있다.

초고령화 사회로 진입하며 누구도 피해갈 수 없는, 가장 민감한 사회 문제로 떠오르는 것이 치매다. 우리는 고령 도시 부산에서 활동하는 각 장르의 예술가들과 함께 '기억의 집'이란 이름으로 치매 어르신이 처한 많은 어려움과 문제의 해법을 고민했다. 물론 적합한 해답을 제시하진 못하겠지만, 각자의 삶에서 사랑하는 가족의 치매 진단을 지켜봤던 여섯 명의 예술인이 치열하게 고민하고, 토론하고, 시도했던 8개월의 기록이 여기 담겨 있다.

오늘의 도시는 부수고, 짓고, 다시 부수는 작업을 반복하지만, 도시 구성원이 무엇을 기억하고, 어떻게 함께 어울릴지에 대한 고민은 빠져있다. 그저 오래되고, 낡고, 늙어버린 존재는 비용으로 여겨져 도시 외곽으로 밀려나고 또 밀려날 뿐이다. 이제 '기억'은 성장을 마친 도시가 감당해야 할 다음 주제가 되었다. 21세기 대한민국, 그중에서도 노인 인구 비율이 가장 가파르게 상승하는 대도시 부산에서 우리는 무엇을 함께 기억할지 고민해야 한다.

나는 이 짧은 기록집이 치매 어르신을 위한 프로젝트만이 아니라 우리가 살아가고 있는 도시의 다음 관점을 제시한다고 생각한다. 생의 마지막 순간에서도 충분히 행복을 되짚을 수 있다. 설사 인지력이 흐려진다 해도 행복한 표정만은 선명히 지을 수 있다.

'기억의 집'을 지으며 가장 먼저 초대한 건 치매 당사자와 보호 가족, 그리고 요양보호사다. 치매 어르신은 예술 경험을 통해 역사를 되찾아 당당한 자존감을 획득하고, 보호 가족은 어머니, 아버지의 기억을 동일한 지평에서 바라보며 공감의 여지를 넓혀가고, 요양보호사는 고된 노동 속 정서적 교감을 이뤄 단순하고 소모적인 시간을 넘어서기를 기대했다.

기획하고, 실행하며 정말 많은 분을 만났다. 수많은 표정을 바라보며 치매 어르신과 함께 하는 시간 역시 충분히 즐겁고, 행복할 수 있다는 것을 알게 되었다. 궁극적으로 치매는 치료가 어려운 질병이지만, 그럼에도 불구하고 우리는 시도할 것이 많다. 함께 한다면 관계 속에서 아름다운 삶의 지속성이 충분히 유지될 수 있다.

2021년 4월 워킹그룹이 처음으로 구성되고 다양한 전문가 그룹과 치매 어르신을 인터뷰하며 기획을 점검하고 또 점검했다. 늦은 밤까지 머리를 맞대던 시간은 '치매'와 '예술'에 대한 서로의 관점을 넓혀

주었다. 우리가 무엇에 주목해 나아가야 할지 디렉팅을 해준 '문화공간 빈빈'의 김종희 대표님께 감사를 전한다. 워킹그룹부터 지금까지 함께해주시며 국내외 사례와 고민의 향방을 잡아주었다. 동시에 각자의 장르를 넘어 과감한 실험을 진행해준 '뮤직인피플'의 전현미 대표님, '커뮤니티 아트센터 숲'의 탁경아 대표님, 왕덕경 미술 작가님, '배우 관객 그리고 공간'의 이지숙 대표님께도 감사를 전한다. 신중하면서도 섬세한 기획과 접근이 아니었다면 '기억의 집'을 찾았던 그 많은 어르신과 가족들이 행복한 미소를 짓지 못했을 것이다.

무엇보다 부산문화재단의 김연진 주임의 기획이 아니었다면, '기억의 집'은 설계도의 첫 점조차도 찍지도 못했을 것이다. 좋은 기획으로 도시와 예술인을 묶어준 그의 시선에 깊은 감사를 보낸다.

'기억의 집'을 함께 고민했던 워킹그룹의 일원으로서, 그들의 기획에 작은 고민을 보탰던 동료로서, 일러스트와 줄글로 기록해 보다 많은 분이 우리의 과정을 바라보도록 구성했다. 부드러운 그림체로 '기억의 집'의 톤을 잡아준 도모의 이유진 작가님에게 더없이 큰 감사와 존경의 마음을 보낸다. 부산형 '기억의 집'은 특정한 가설에 대한 검증이기보단, 치매에 대한 접근법을 탐색해보는 예비조사에 가까울 것이다. 그러니 여러분도 우리의 실험기록을 따라가며 무엇이 부족했고, 앞으로 어떤 실험을 지속해야 하는지 함께 고민해주길 바란다.

문장으로 지어낸 기억의 집이 치매에 대한 또 다른 고민을 여는 시작점이 되길 희망한다. 더 많은 이야기가 시작돼 '치매'라는 부정적 단어를 넘어 노년의 인지장애를 대하는 새로운 언어를 찾을 수 있길 기대한다. 6인의 예술인은 치매를 겪는 누구나 따스함으로 돌아갈 수 있도록, 기억 속 공간을 지키고 재현하기 위해 바삐 움직였다. 작은 파일럿 프로젝트로 시작한 우리의 작업이 마침표가 아니라 쉼표가 되는, 토론의 장을 준비하는 하나의 '여는 공연'이길 희망하며 오랜 걸음의 첫 발자국을 꺼내 본다. 언제든 찾을 수 있는 기억의 집에 당신을 초대한다. 우리들의 기억에 언제든 찾아올 수 있도록 대문을 활짝 열어둔다.

* '기억의 집 프로젝트' 아카이빙 북을 치매 진단 이후
하느님 곁으로 떠난 어느 새벽까지,
나를 향해 따스한 미소를 지어주셨던
나의 할머니 박준수 유스티나에게 바칩니다.

10

Chapter 1. 오래된 나의 집

Chapter 2. 기억의 집을 설계하다

Chapter3. 조금씩 지어지는 기억의 집

Chapter 4. 기억의 집에 당신을 초대합니다

chapter 1. 오래된 나의 집

우리 할머니는 잠이 많아요

유달리 꾀가 좋던 우리 할머니는 나이 팔순을 넘긴 해부터 치매를 앓았다. 앓았다는 표현이 적절할지 모르겠지만, 나의 할머니는 마치 친구처럼 우연히 찾아온 치매와 함께 생의 마지막을 보냈다. 치매는 다른 질병처럼 허리가 아프거나 심한 두통이 오듯, 뜻 모를 통증을 유발하지 않는다. 조금씩 기억을 잃어가는 내가 치매라는 걸 인지했을 때가 가장 큰 두려움이지, 정작 치매 당사자에게 찾아오는 육체적 고통은 그리 강하지 않다.

시간이 갈수록 나는 평안해지고, 나를 사랑했던 사람은 힘들어지는 아이러니한 질병 치매. 그렇게 어느 날 홀로 두 딸과 한 명의 아들을 키운 나의 할머니는 치매 환자가 되었다.

　노년이 되고 할머니는 자식들의 여유에 따라 감정에 따라 이모 집에서 우리 집으로, 우리 집에서 삼촌 집으로 몇 년씩 거처를 옮기며 생활하셨다. 할머니와 함께 지내는 일은 쉽지 않았다. 시장에서 과일 장사를 하며 아이들을 키웠던 그는 같은 시절을 통과하는 여느 노인이 그렇듯 살아남기 위해 뾰족하고 날카로운 성격을 가져야만 했다. 우리 집에서 보내는 6년 동안 툭툭 던지는 언어와 날카로운 고함, 일상적인 안부에도 별다른 응답이 없는 무뚝뚝함 때문에 성장기의 나와 동생은 많은 상처를 받기도 했다.

　내게 할머니는 늘 화가 나 있는 사람, 그뿐이었다. 할머니가 내게 먼저 건네는 말은 언제나 두 가지였다. '밥은 먹었느냐'는 물음과 '엄마는 언제 오냐'는 질문. 서로를 향한 별다른 질문을 잃자 관계는 느슨해졌고, 할머니도 우리도 서로를 불편해하기 시작했다. 어느 날 할머니는 거동이 불편한 나이가 될 때까지 홀로 살아가겠다 고집을 부리셨다. 다들 차갑고 습진 골방에 계시지 말고 함께 살자고 했지만, 할머니는 기어코 고집을 부리셨다. 그러다 할머니가 우리에게 돌아온 건 미끄러워 넘어져 꼬리뼈를 심하게 다친 이후, 급격하게 희미해진 기억 때문이었다. 치매 초기 증세를 보이기 시작했다는 진단, 그날이 시작이었다.

어제와 별다른 것 없는 하루였지만, 기억이 희미해졌다는 사실을 알게 된 할머니는 많은 일에 불안해했다. '이 나이 되면 가물가물한 게 당연하지!'라며 호통을 치던 당당한 할머니는 사라지고, 리모컨을 어디 두었는지 모르겠다며 불안해하는 할머니, 내가 아까 가스레인지 불을 껐냐며 불안해하는 할머니의 모습만이 남았다.

치매보다 앞서 찾아온 불안. 자연스럽던 일상의 모든 여유가 이젠 불안한 기억의 빈틈이 되었다. 치매는 늘 다른 가족의 아프고 불행한 이야기였지만, 이젠 나와 가족의 구체적인 도전이 되었다. 치매를 어떻게 맞이할 것인가. 그리고 우리가 할머니를 위해 할 수 있는 건 무엇일까.

치매의 가장 큰 아픔은 나를 계속 의심하게 만든다는 것에 있다. 자연스럽게 행하던 모든 움직임과 하루의 습관에 더는 의지할 수 없다는 사실이 주는 상실감 말이다. '의심'은 일상을 두렵게 만들었고, 모두를 위해 이것이 안전하다는 빈약한 근거로 할머니는 요양병원으로 향했다. 우리도 할머니의 하루를 긍정하지 못했고, 할머니 당신조차도 자신의 일상을 더는 신뢰할 수 없었다. 결국 누구나 그렇듯 일상을 단조롭게 만드는 가장 쉬운 방법을 택하고야 만 것이다.

요양병원에 등록한 할머니는 씩씩했다. 여기서 밥도 주고 간식도 때마다 챙겨준다며 걱정하지 말라는 할머니는 고스톱 하나를 챙겨들고 매일 병상에 앉아 색색의 꽃 모양을 맞추는 일만 하셨다.

나도 시간이 날 때마다 할머니에게 찾아가 함께 고스톱을 쳤다.

동전을 한 가득 벌어도 당장 쓸 곳이 없던 할머니였지만, 망설임 없이 패를 맞추며 기뻐하는 얼굴이 좋았다. 손에 쥐어 드리는 동전이 할머니를 향한 격려이자 곁에 늘 함께하지 못한다는 죄책감에 대한 보속이었다.

보호사 선생님께 들은 할머니는 내가 없어도 늘 고스톱의 패를 맞추는 놀이를 홀로 하셨다고 한다. 아마 당신 스스로 나의 기억을 짐작하는 지표로 꽃의 모양으로 삼지 않았나 싶다. 매일 그리고 매주 고스톱을 치며 불안을 잠재우셨겠지만, 할머니의 활력은 그리 오래가지 못했다. 어떤 이유에서인지 갈수록 할머니의 눈꺼풀은 무거워지기만 했다. 그렇게 서로 대화를 나눌 수 있던 짧은 고스톱 시간마저 사라지고, 할머니는 낮엔 낮대로 꿈을, 어두운 밤이 되면 밤대로 꿈을 꾸었다.

혹여나 오늘은 피로가 풀리셨을까 찾아가 보아도 할머니는 주무시기만 했다. 할머니 곁에 있는 다른 입원 환자도 깨어나지 않았고, 그 옆에 있는 할머니도 일어나지 않았다. 모두 너무 깊은 잠에 빠져있었다. 똑같이 수많은 침대가 있는 산부인과는 아기의 울음소리로 가득했지만, 수많은 노년이 누워있는 요양병원은 그 어떤 소리도 허락하지 않는다는 듯 고요하기만 했다.

배도 고프지 않으신지 점심시간에 찾아간 할머니도, 주말 저녁시간에 찾아간 할머니도 눈을 감고 계셨다. 그렇게 한참의 시간이 지나고, 할머니 곁에서 가져간 책을 읽는 사이 할머니가 불현듯 깊은 잠에서 깨 나를 보고 반갑게 불렀다.

'오랜만이네. 우 서방'.

할머니는 더 이상 나를 보며 '동준아'라고 부르지 않았다. 밥은 먹었느냐고 살갑게 묻지도 않았다. 남은 기억 속 아버지를 찾아 나를 부르거나, 오늘 아침에 만난 무서운 복지사 선생님으로 부를 뿐 나의 이름을 말하지 않았다. 나도 할머니에게 나를 알아보겠는지, 내가 누구인지 기억하냐고 묻지 않았다.

그저 미소와 함께 오늘도 만나서 반갑다는 표시만 할 뿐, 할머니 앞에선 나도 내 이름을 말하지 않았다.

그 요양병원에선 웃음소리도 울음소리도 들리지 않았다

할머니 앞에서 이름을 잃은 나는, 어느 날은 백년손님 우 서방이 되기도 하고 어느 날은 친절한 사회복지사 선생님이 되어 할머니를 만났다. 낯선 사람을 만나는 할머니는 한없이 친절하고 조심스러웠다. 내게 밥 먹으라며 소리치던 짜증 섞인 목소리는 온데간데없이 가족들에게 허락된 면회 시간 내내 우리를 향해 웃거나 창밖만을 바라보았다. 창밖을 바라보는 할머니의 눈빛에선 바람도, 기대도 읽히지 않았다. 기억을 되짚어 본다면 오히려 체념한 듯한 눈빛에 가까웠을 것이다.

기대는 언제나 가능성 위에서 이루어진다. 일말의 가능성도 없는 일을 기대하는 사람은 아무도 없을 것이다. 할머니는 더는 가능하지 않았기에 창밖의 세상을 기대하지 않았다. 홀로 가능한 것이 없는 세상은 부드러운 감옥과 같다. 의사 선생님은 할머니의 컨디션이 입원 전과 다르지 않다고 했지만, 감옥 안에서 할머니는 하루가 다르게 아주 빨리 약해져 갔다.

　　요양병원에서 할머니의 움직임은 하나도 허용되지 않았다. 자유로운 움직임조차 불필요한 몸부림이 되는 세계에서 할머니의 의지는 철저히 통제되었다. 그러던 어느 늦은 밤, 면담 시간이 끝나기 직전 괜한 마음이 들어 찾아뵌 할머니의 두 손은 파란 천으로 침상에 강하게 묶여있었다. 차분히 확인한 그럴듯한 이유는 '안전'과 '보호'였다. 하지만 안전을 위해서라면 낙상하지 않도록 침상 보호대를 높이면 되었고, 보호를 위해서라면 더 오랜 시간 곁에 있으면 된다. 지켜봐야 할 환자가 많다면, 지켜볼 사람이 많아지면 된다. 지키려는 이들이 불편해야지, 보호받아야 하는 이들이 불편해서는 안 될 것이다. 그것은 보호가 아닌 관리이기 때문이다.

　　할머니는 분명 기억력이 흐려진 것이지 판단력이 흐려지진 않았다. 하지만 이곳을 찾은 치매 노년은 모두 흐린 판단력을 가졌다며 어떤 자유도 허용하지 않았다. 우리는 할머니를 모시고 곧장 병원을 떠났다. 그곳은 아무도 울지 않았고, 아무도 웃지 않았다. 움직임이 통제되며 감정을 잃어 간 할머니의 마음은 예상보다 빨리 소멸 되어 갔다. 누구도 두드리지 않는 문은 어느 순간부터 열리지 않았고, 열리지 않는 문은 곧 벽과 같았다.

　다시 집에 돌아온 할머니는 세상 밖으로 나가고 싶어 하지 않았다. 우리의 우려를 받아들이셨던 것인지, 아니면 자신을 믿지 못하셨던 것인지 모르겠지만, 할머니는 매일 멍하니 TV만 바라보았다. 할머니의 병세를 직면하는 것이 두려웠던 나는 할머니의 하루에 대한 질문과 당신을 향한 안부를 잃어갔다. 할머니는 그대로였는데 내가 조금씩 뒷걸음질 치기 시작한 것이다.

　다시 돌아온 할머니와 우리는 같은 공간에 있었지만, 다른 시간을 살았다. 마음의 여유가 없어진 모두이기에 날 선 언어만 오가는 것도 어찌 보면 당연한 일이었다. 우리는 할머니가 잠에서 깰까 숨죽였고, 할머니는 우리가 불편할까 봐 방에서 나오지 않았다. 그렇게 어디에서부터 어떻게 관계를 시작할지 몰랐던 거리감은 모두에게 상처만 남겼다. 가장 할머니를 닮은 엄마와 이모도 고립되어가는 할머니를 보며 안쓰러워했고 두려워했다. 웃음없이 천천히 저물어가는 노년이 나에게도 찾아오면 어떡하지라는 두려움. 할머니는 우리의 오늘이면서 미래였다.

　나는 할머니를 모실 새로운 보호센터를 찾으며 가장 중요한 기준을 정했다. 짜임새 있는 문장을 구사하지 못하는 할머니라도, 당신

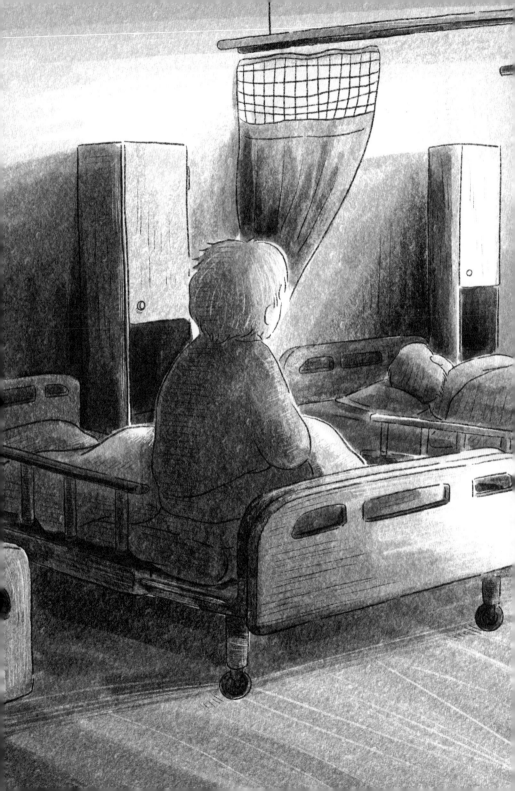

이 말하고 싶어 하는 것을 끝까지 들어주고 귀 기울여주는 태도를 갖춘 곳. 기억과 판단이 일관되지 않아도 타인의 감각을 존중하고, 지속적인 노력을 해나가는 철학을 갖춘 곳이라면 할머니도 자기 본연의 모습으로 삶의 마지막 장을 꽉 채울 수 있을 것이다.

우리는 오래 고민하다 당신이 가장 편안해하는 곳, 기도 문장은 잊어도 내 손에 쥔 묵주의 감각만은 잊지 않았던 할머니를 위해 가톨릭 요양원에 모셨다. 할머니는 그곳에서 내가 누구였는지 조금씩 되찾아갔다. 공간과 사람을 통해 당신의 신념을 되찾고, 복지사들과 색종이를 접으며 색을 맞추고, 음악을 불렀다. 그곳은 할머니의 모든 감각을 존중했다.

"할머니, 오늘 재밌었어요? 오늘은 뭐 했어요?"

"오늘? 노래 불렀다 아이가. 재밌었어. 선생님들이랑 노래 불렀어."

할머니는 이제 창밖에 발갛게 핀 꽃을 보면 항상 콧노래를 흥얼거렸다. 이곳에선 꽃이 피면 나가서 볼 수 있었고, 바람이 불면 나가서 두 뺨으로 느낄 수 있었다. 내 하루의 감각을 되찾으며 할머니는 드디어 내일을 기대하기 시작했다.

바람이 적당히 따뜻한 날이면 요양원에 찾아가 할머니 휠체어를 밀고 소담한 수녀원의 정원을 몇 바퀴나 돌았다. 봄에는 노란 개나리가 폈고, 여름엔 대나무를 스치는 바람 소리가 시원히 들리는 곳이었다. 함께 걸어가는 경험. 이 짧은 산책의 시간이 나와 할머니의 관계를 긍정하게 했다. 이곳에서 할머니는 본인의 감각을 사용할 권리를 잃지 않았다. 시각, 청각, 촉각과 때로는 미각과 후각까지. 예리한 감각은 아니더라도 당신의 감각 기관을 통해 살아있다는 자극을 받을 기회가 여전히 제공되었다.

새로운 소리에 따라 고개를 돌릴 때마다 할머니의 표정은 다채롭게 바뀌었고, 그 모든 자극이 할머니의 정서를 환기했다. 할머니는 눈앞의 풍경을 보며 무의식 속에 있던 과거로 돌아갔다. 나무 아래라는 공간, 자연의 색과 새의 지저귐만으로 단편적인 지난 기억을 발견해 툭툭 꺼내놓았다. 늙은 내 몸이 싫다며 불평하셨던 할머니, 인제 그만 죽었으면 좋겠다며 나지막이 읊조리던 할머니가 아닌, 은은하게 떠오르는 지난 기억과 마주하며 조곤조곤 살뜰히 일상을 설명하는 할머니만 남았다.

왜 치매는 각자가 고민해야 할까

가톨릭 요양원에선 내내 잔잔한 음악이 흘러나왔다. 할머니 할아버지가 조금이라도 깰까 염려하는 듯 공기는 무거웠지만, 지나가는 사람들의 표정과 분위기만큼은 산뜻했고 발랄했다. 할머니는 요양원에서 마주하는 여러 사람과 새로운 관계를 맺었다. 건너편 침상의 어르신과도 살가운 이야기를 나누고, 식사와 안부를 전하는 복지사와도 친근한 인사를 나눴다. 할머니는 매일 오후 복지사와 거니는 짧은 산책을 좋아했다. 색종이를 접고 다 함께 노래 부르는 시간도 좋아했는데 이따금 면회로 찾아뵐 때면 오늘 새로 배운 노래라며 흥얼거리곤 하셨다.

할머니는 매일 새로운 자극에 노출되며 다양한 감각을 사용했다. 하나의 음악이 흘러나올 때 내가 언제, 어느 순간, 누구와 들었는지를 이야기하며 불현듯 내가 치매 환자라는 자각을 잃고 기억 속 본향으로 휙 되돌아갔다.

그에게 본향은 그리운 고향 집 마당이기도 하고 어린 시절 뛰어놀았던 그 거리이기도 하며 더 나아가서는 어머니 품이거나 동무들과 뛰놀던 뒷동산이었다. 복지사들과 함께 음악을 듣고 리듬 사이에서 가볍게 팔을 흔드는 경험이 생의 마지막까지 나다움을 확인할 수 있는 건강한 자극이었다. 감각은 이처럼 정서를 환기하며, 무의식 속에 숨어있는 자기 자신을 계속해서 발견하게 한다.

할머니는 때때로 내 새끼들과 여린 시간을 보내던 고향으로 돌아가고 싶다 했다. 겨울이 되면 마을에 얼마나 많은 눈이 쌓였는지 두 팔 가득 뻗어 말하며 그때 우리 애들이 정신없이 놀다 호되게 혼났다며 배를 잡고 웃기도 했다. 할머니가 말하는 본향은 공간만이 아니라, 그 속에 담겨 있는 관계, 그들과 함께 쌓아간 이야기, 그 모든 것의 총체였다.

어쩌면 치매 진단 이후 할머니를 가장 외롭게 했던 건 '안전하지만, 아무런 자극이 없던 시간'이 아니었을까. 희미한 기억과 인지 기능만으로 내가 누구이고, 어떤 걸 좋아하는 사람인지 붙잡기 위해 홀로 버텨왔던 시간이 아니었을까.

버스와 기차가 고향으로의 물리적 이동을 도와준다면, 감각적인 자극은 시간을 뛰어넘어 과거의 고향으로 보내주는 보조적 역할을 할 것이다. 노래 부르고, 듣고, 향을 맡는 '예술적 감각'만이 내가 잃고 있던 소중한 순간과 지난 관계로 회귀시켜주는 것이다.

갑자기 찾아온 치매는 할머니의 시간과 자존을 잠식했지만, 그에겐 여전히 아름답게 살아갈 권리가 있었다. 환자로서 남은 시간을 버텨내는 것이 아니라 한 시대를 살아냈던 개인으로서 여전히 잘 살아가고 있다는 끈끈한 자긍심만큼은 지켜주고 싶었다.

치매는 치료의 대상이면서 치유의 대상이다. 매 순간 내가 누구인지 자각하며 당당히 지내길 원하는, 익숙했던 일상으로부터 갑자기 분리되어버린 당사자와 가족 모두가 치유의 대상이다. 안타까워하는 것 말고는 딱히 방법이 없는 상황에서 오롯이 책임을 부여받은 가족은 당사자와 2차, 3차 갈등으로 이어진다. 우리 집도 그랬고, 치매 가족이 있는 다른 가정도 그랬다. 모두가 각자 알아서 해결하고, 해소해야만 하는 질병이 치매다.

그리운 고향을 되찾은 할머니의 변화는 남은 가족들의 상처마저 치유했다. 무서운 표정만 짓던 할머니가 우릴 보고 살갑게 반겨주고, 처음 보는 사람에게도 쉽게 말과 안부를 건넸다. 마음의 고향을 되찾고 당당해진 할머니는 이제 우리의 상처를 위로했다. 타인에게 피해가 갈까 봐 어둠으로, 또 어둠으로 고립되던 우리도 할머니와 함께 조금씩 밖으로 나올 수 있었다.

하지만 여전히 많은 가족이 치매로 고통받고 있다. 지금의 치매 케어는 오직 가족 돌봄이거나 시설 돌봄밖에 없으니 각자가 자신의 힘으로 해결하거나, 환자를 외면하듯 시설보호를 청해야만 하는 상황이다. 왜 우리는 치매를 각자 고민해야 할까. 왜 이건 특정한 가족에게만 찾아온 안타까운 불행인 걸까. 적절한 가이드와 참고할 예시가 있다면 상황을 달리 바라볼 수 있지 않을까. 혹시 치매 어르신과 함께 또 다른 것을 시도해볼 수 있진 않을까.

이젠 한 사람의 생이 끝날 때까지 온전히 짊어져야 할 저주가 아니라, 치매 당사자와 가족이 남은 시간을 서로를 향해 보낼 수 있는 방법이 필요하다. 당사자의 기억은 사라지지만, 남은 이의 기억은 생생하기에, 나의 기억은 사라진다 해도 감각은 생생하기에 관계 속에서 노년의 삶을 어떻게 마주할지 이젠 함께 고민해야 한다. 치매는 우리 모두의 삶에서 피할 수 없는 아주 보편적인 일이 되어버리고 말았다.

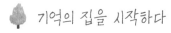 기억의 집을 시작하다

많은 이가 어쩔 수 없이 요양병원을 선택하는 걸 보았다. 그리고 요양병원이라는 공간에서 많은 치매 환자를 기계적으로 관리한다는 것도 똑똑히 보았다. 적당한 약물에 의해서, 깊은 수면에 의해서 누구도 불편하지 않도록 어르신을 천천히 수동적 존재로 만드는 곳임을 이제는 잘 알고 있다.

아흔을 넘긴 나의 할머니는 마지막까지 자존을 잃지 않고 편안히 세상을 떠났다. 할머니의 마지막 표정을 기억할수록 그가 보냈던 시간이 얼마나 특별하고 소중했는지를 되새긴다. 치매 진단 이후에도 머리의 기억에만 의존하는 것이 아니라 몸의 기억까지 함께 사용하던 할머니. 다양한 감각을 사용하며 이따금 재생되는 기억을 통해 미처 전하지 못한 마음을 전하고 뒤늦게 자녀와 화해를 시도했던 할머니였다.

우리가 마주한 기적 같은 시간을 단순히 한 사람만의 특별한 경험으로 남길 순 없었다. 나는 할머니와 같은 침상을 사용했던 어르신의 이야기도 궁금했고 매주 면회로 찾아오던 가족들의 고민도 궁금했다. 모두 각자가 통과한 시대에 맞는 고유한 이야기와 추억이 있을 텐데, 우린 그저 속수무책으로 너무 많은 기억을 잃어가고만 있다.

우리 가족이 그랬던 것처럼 치매로 고통받는 다른 가족도 충분히 회복할 수 있다. 더 많은 기억의 나눔이 치유와 공감, 상처받은 정서의 회복으로 이어지는 계기가 될 것이다. 하지만 오래된 도시 부산에서 기억이란 단어를 꺼내긴 너무 어렵다. 더 이상 골목을 기억하지 않는 이곳은 서둘러 어제를 지우고 오래된 것을 거리에서 치운다. 조금도 새롭지 않은 모습의 건물들이 하늘 높이 오르고 또 오르는 도시에서 기억은 값비싼 사치품일 뿐이다.

가난한 이들의 공간은 위협받고, 부유한 이들의 공간은 넓어진다. 누군가의 기억이 위협받는 동안, 누군가의 기억은 보존되는 것이다. 육중한 포크레인이 부수고 있는 지금 저 주택. 낡은 베이지색의 2층짜리 주택은 누구의 보금자리였을까? 저 공간엔 어떤 기억이 담겨 있을까? 눈부신 미래를 만든다는 이유로 너무 많은 골목과 집이 사라지지만, 저 공간엔 누가 살았고, 어떤 기억이 담겨 있을지 고민하는 이들의 숫자는 너무나 적다.

하나의 공간엔 하나의 기억이 있기 마련일 테니 오늘도 수십의 기억이 무너지고 있다. 구체적인 과거는 사라지고 아직 도달하지 않은 미래만 남은 도시, 기억을 떠올려줄 골목, 지난 추억이 담긴 숲길, 어린 시절의 그리움이 담긴 강변이 사라지는 나의 도시에서 우린 모두 저마다의 기억을 하나씩 잃어간다.

기억에 집중한 탓이었을까. 나는 자연스레 주변의 모든 것을 기록하기 시작했다. 동세대 청년의 고민부터 세대 간 격차까지 내가 만나는 주변 사람들의 언어를 하나씩 기록해갔다. 지금 당장은 아니더라도, 기록한다면 언젠가 기억할 수 있을 테니까. 매일을 기록으로 채워가던 내게 어느 날 한 통의 전화가 걸려왔다. 오랜 시간 이어온 지난 고민을 함께 해결해보자는 제안이었고, 나는 급히 차 시동을 켜고 부산문화재단으로 향했다. 그곳에서 난 각자의 영역에서 활발히 활동하는 다섯 명의 문화예술인을 만났다.

늦어서 죄송합니다. 저는 무대예술, 밴드 음악을 하고 있고요. 오늘 많이 물어보겠습니다. 반갑습니다. '현미밴드'의 전현미입니다.

전현미

탁경아

안녕하세요. 처음 뵙겠습니다. 저는 '커뮤니티아트 센터 숲'이라는 단체에서 노인 대상 프로그램을 진행하는 탁경아라고 합니다. 처음 뵈어요.

반갑습니다. 저는 공연예술, 그중에서도 연극 분야에서 활동하고 있고요. 극단 '배우 관객 그리고 공간'이라는 단체를 꾸리고 있습니다. 이지숙입니다.

이지숙

왕덕경

안녕하세요. 저는 주로 설치 작업, 회화 작업 진행하고 있습니다. 미술 작가로 참여하게 되었고요. 왕덕경 작가입니다.

다들 이렇게 뵙게 되어 참 영광입니다. 저는 이번 프로젝트 '기억의 집' 전체 컨설팅 맡은 '문화공간 빈빈'의 김종희입니다. 앞으로 잘 부탁드려요.

김종희

우동준

반갑습니다. 저는 오늘부터 프로젝트 마지막까지 현장의 이야기를 기록할 작가 우동준입니다. 우리의 진지한 고민이 잘 담길 수 있도록 집중해서 기록해보겠습니다.

안녕하세요. 저는 오늘 여러분들을 이곳에 모신 부산문화재단 문화공유팀의 김연진입니다. 다들 바쁘실 텐데 어려운 주제에, 또 늦은 저녁에 이렇게 시간 내어주셔서 참 감사합니다.

김연진

우리를 한 곳에 불러모은 부산문화재단 문화공유팀 김연진 주임. 그는 고령화된 도시 부산에서 이웃이 마주한 '치매'를 함께 고민해보자 했다. 문화예술로 치매를 바라보고, 누구나 찾아올 수 있는 어르신만의 집을 지어 서로를 치유하는 프로젝트를 시작해보자 했다. 오랜 시간 고민해왔던 주제 '치매와 기억'. 이들과 함께라면 문제를 해결하기 위한 작은 실마리라도 찾을 수 있을 것만 같았다. 아무것도 보이지 않는 미지의 시간. 앞으로 우리의 1년을 가득 채울 프로젝트의 이름은 바로 '기억의 집'이었다.

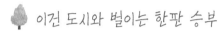 이건 도시와 벌이는 한판 승부

낯선 주제, 낯선 사람들이었지만 이곳에 모인 각자의 이유는 서로 닮아 있었다. 중증 치매 어머니를 모시며 보호 가족으로 지냈던 기억이 아직 생생한 선생님과 혹시 나도 치매를 앓진 않을까 막연한 두려움이 있던 작가님까지. 나 역시 어색함을 애써 감추던 할머니의 눈빛을 기억한다.

나는 뚜렷한 재주가 없다. 예술적 재능은 물론이거니와 세상을 달리 바라보고 새로운 무언가를 창조해내는 능력마저 부족하다. 그런데도 이들과 함께하고 싶다는 욕심을 낸 건 가족의 치매를 어떻게 마주하면 좋을지 나만의 방법을 찾고 싶어서였다.

어떤 질병이 상실감을 남기지 않겠냐마는 치매는 다른 질병과는 비교할 수 없을 정도의 깊은 정서적 상처를 남긴다. 서서히 존재감을 잃어가는 과정은 기억이 희미해지는 사람에게도, 기억이 또렷한 가족에게도 모두 벅찬 일이기 때문이다. 가족 구성원으로서 무한한 책임감과 관심을 쏟아야만 하는 치매는 기약 없는 고통 앞에서 기어코 모두를 무너트리고야 만다.

이들과 함께한다면 조금이나마 길이 보이지 않을까 기대했다. 학습과 실험을 병행한다면 내 가족 중 누구에게 치매가 찾아오더라도, 훗날 내가 치매를 앓는다고 해도 남아 있는 사람을 위해 무엇을 해야 할지 구체적으로 알 수 있을 것 같았다. 할머니와 충분한 교류를 나누지 못한 만큼, 이젠 치매를 제대로 알고, 구체적이고 분명한 일을 해내고 싶어졌다.

의료 기술이 발달하고 평균 수명이 증가하면서 대도시를 중심으로 조금씩 치매 당사자층이 넓어지고 있다. 80세 이상의 고령층만이 아니라 이젠 곧 은퇴를 앞둔 60세에서도 치매가 흔히 발병한다. 생각보다 젊은 나이에 '치매'가 다가오는 것이다. 언제나 그렇듯 변화는 빠르지만, 대처는 더디다. 빨라지는 치매를 인지하고, 함께 고민하고 누구나 의견을 덧댈 수 있는 이야기장이 필요할 텐데 모두 치매란 단어를 꺼내는 것조차 어려우니 구체적인 해결 방법은 요원하기만 하다.

부끄러워서, 당황스러워서, 혹은 가족들에게 너무 미안해서 모두 병세를 고백하지 못한 채 증세가 새어 내올 때까지 참고 또 참는다. 계속 숨기니 치매는 여전히 어리석고 또 어리석다는 부정적인 의미의 단어 '치매 癡呆'에만 머문다. 노화에 의한 '퇴행성 뇌 질환' 즉 알츠하이머 치매, 혈관성 치매, 루이체 치매, 전두측두엽치매, 알콜성 치매, 파킨슨 치매까지 무수히 많은 병명이 있고 원인에 따라 각기 다른 증상을 보이지만, 모두가 입 밖으로 꺼내지 않는 질병은 그렇게 어리석은 사람이 되는 병, 늙은이들의 병인 '치매'로만 남는다.

우리가 목표로 삼을 과업은 단순하고도 명확했다. '치매 환자를 향한 타자의 인식 개선', 그리고 치매를 맞이한 '당사자의 인식 개선' 두 가지다. 타인에게서 전해지는 시선과 내면에서 올라오는 시선 모두를 변화시키는 것이 우리의 과업이었다. 치매라고 해서 모든 기억이 한 번에 사라지지 않는다. 안정감을 주는 환경과 적절한 약물치료로 충분히 완화될 여지가 있다. 하지만 막연한 두려움과 충격, 자존감의 상실로 많은 분이 내면의 빛을 먼저 잃어간다.

치매 당사자가 기억을 말하며 자신감을 되찾기 위해서는 여러 매개가 필요할 것이다. 어느 때엔 공간일 테고 어쩌면 옛 동네 골목처럼 나의 기억을 품고 있는 지극히 개인적인 장소일 수도 있다. 모든 공간엔 흔적이 남고, 그 흔적의 틈엔 누군가의 이야기와 기억이 담겨 있다. 매년 같은 자리에 줄을 그어가던 아이의 성장기처럼, 오래

노록 같은 곳을 바라보기로 약속하는 여린 부부의 시작처럼, 매일 아침잠에 취한 아이를 깨우느라 고생하는 부모의 이야기와 다 큰 아이들과 동반자를 떠나보내고 라디오 소리로 외로운 공간을 달래보려는 어르신의 뒷모습처럼 하나의 공간엔 누군가의 체험과 흔적이 짙게 배어 있다.

우리는 앞으로 '기억의 집'이란 이름으로 기억과 공간을 토론하고 시도하겠지만, 기억 속 공간의 재현을 목표로 두진 않을 것이다. 이 작업은 오히려 존재하지 않던 것을 상상하고 새롭게 만들어내는 창조적 작업과 맞닿아 있다. 시간이 깃든 골목, 동네의 풍경, 밥 냄새가 가득한 저녁. 언제든 찾아올 수 있는 공간으로 기억을 재현해 깊숙이 묻혀있던 나의 기억과 만날 수 있는 집을 지을 것이다. 나를 사랑하는 이들이 언제나 접속할 수 있는 공간이 만들어진다면 새로운 교류를 시작하는 또 다른 판을 짤 수 있을 것이다.

내가 살아가고 있는 도시 부산은 깨끗한 대리석과 투명한 유리가 뒤덮은 신도시이면서 살아가는 모두가 함께 늙어가는 고령화 도시다. 그 어떤 대도시보다도 노인 인구 증가 속도가 빠른 곳이기에 바로 이곳에서 고령화 도시와 치매를 향한 이야기를 해야만 한다.

한 차례의 긴 호흡이 끝난다면 도시가 치매 환자를 어떻게 바라보고 인식해왔는지 비로소 이야기할 수 있을 것이다. 도시에서 살아가는 사람을 기억하기 위한 새로운 공간 조성. 이건 도시와 벌이는 한판 승부임이 틀림없다.

평균수명이 늘어나며 치매 인구도 따라 증가하는 중이다. 이미 우리 사회의 치매 인구는 270만 명에 이르렀고, 지금과 같은 추세라면 2050년에는 세계 치매 인구가 약 1억 5천만 명에 육박할 것이라 한다. 삶이 길어지며 자연스레 도착하는 종착지는 천국도 지옥도 아닌 치매였다.

2021년 전국 60세 이상 노인 인구의 치매 환자 유병률은 7.11%, 65세 이상 노인 인구의 유병률은 10.21%다. 은퇴 전후의 어르신 10명 중 1명은 치매 진단을 받는 셈이다. 우리는 누구나 늙고, 어떤 삶을 살았든 치매에서 벗어날 수 없다. 이제 치매는 불행한 몇몇 이들에게만 찾아오는 질병이 아니라 오늘을 살아가는 모두가 마주한 거대한 사회 문제가 되었다.

치매 환자의 다수는 뇌세포 문제로 인한 알츠하이머성 치매다. 그 외에 혈관으로 인한 증상, 중풍, 뇌졸중, 갑상선 기능 장애로도 치매 증상이 나타날 수 있으며 파킨슨병, 알콜성 치매, 고혈압으로 인한 혈관성 치매, 루이소체 치매, 전두 측두엽 치매, 우울증까지 치매는 발병의 이유도 이후 증세도 모두 제각각이다.

이미 알려진 것처럼 대부분의 치매는 완치되지 않는다. 원인에 따라 치료받고 개선되는 경우도 있지만, 본질적으로 치매는 신체의 노화에 따른 질병이기에 인지기능은 조금씩 저하되기만 한다. 치매 진단 이후 당사자와 가족 모두 큰 절망에 빠진다. 회복 가능성이 낮은 질병에 희망이 깃들 여유는 없기 때문이다. 이들의 절망은 사용하는 단어에서도 드러난다.

우리는 다양한 원인과 증세를 지닌 질병을 오직 치매 癡呆 라는 투박한 단어 하나로만 호명한다. 어리석고, 어리석다는 뜻의 치매는 노망이라고도 불리며 늘그막에 발병하는 거추장스러운 불행 정도로 여겨졌다. 병에 대한 무지는 치매 진단을 받은 어르신도, 치매 환자를 보호하는 가족도 외롭게 만든다. 오늘날 치매 환자의 31%는 내가 치매인지 자각하지 못하고, 이후 어떤 보호를 요청해야 하는지 모른 채 병세가 악화된다고 한다. 치매를 향한 우리 사회의 부정적인 시선이 당사자를 더 깊숙한 음지로 도망가게 하는 것이다. 치매도 다른 질병처럼 조기에 발견한다면 분명히 진행을 늦추고, 중증 치매 기간도 줄일 수 있다.

대부분의 많은 사람이 치매를 처음 인지하는 단계는 경도인지장애 mild cognitive impairment; MCI 다. 경도인지장애는 정상 고령자와 치매 환자의 경계선을 뜻하는 용어로 우리나라의 경우 65세 이상의 고령자 중 약 24% 정도를 경도인지장애라 추정하고 있다. 이 단계의 어르신은 기억장애를 호소하지만, 전반적인 인지기능은 정상 범위에 속하며, 과거의 일은 또렷이 기억해도 최근의 일은 계속해서 상실되는 상태다.

내 생일도 너무 잘 알고, 우리가 어디에 살다가 언제 이사 왔는지도 알고, 나도 헷갈리는 할아버지 제사 날짜를 기억하지만, 당장 지난주의 일은 또렷이 기억하지 못하는 어르신이 '경도인지장애'를 앓는 어르신이다. 새로운 이야기는 쌓이지 않은 채 과거의 기억이 하나씩 사라지는 질병인 치매의 무서움은 여기서 그치지 않는다.

경도인지장애부터 수반되는 '행동조절과 감정표현의 장애'는 사회적 관계를 흔들고 의사소통의 어려움을 낳지만, 명확한 운동능력 장애로 평가받지 않아 국가 지원 기준을 충족시키지 못한다. 발병 후 1~3년 이내 대부분의 인지능력과 기억력이 상실하지만, 초기 단계 치료는 스스로 책임져야만 하는 것이다.

이런 배경으로 많은 사람이 노년의 가장 두려운 질병으로 치매로 꼽는다. 치매로 판정받은 순간부터 자의든 타의든 일상으로부터 분리될 수밖에 없기 때문이다. 알츠하이머 치매 환자는 평균 6~13년을 투병한다. 치매는 70대 이상 노인에게서 주로 발견되는 질병이지만, 발병 연령이 40~50대로 점점 낮아지기에 간병 기간을 특정할 수도 없다.

보호 가족도 일상생활을 유지하기 위해선 보호센터와 요양원의 도움을 받아야 한다. 하지만 장기요양보험의 혜택을 받아도 결코 만만한 비용이 아니다. 사회의 보호와 개입 없이 내몰리는 사각지대는 출구 없는 터널과 같고, 그 깊은 어둠 속에서 종종 '간병 살인'이라는 비극이 발생하기도 한다. 직접적인 치매 환자는 270만 명이지만, 그들의 가족까지 '치매로 고통받는 당사자'로 바라봐야 하는 이유다.

엷어지는 기억을 인지한 후 대부분은 자신감을 잃고 우울감이 더해져 스스로 외부와 차단하는 경우가 많다. 치매 환자에게 가장 마지막까지 남아 있는 것은 감정이지만, 우리는 잃고 있는 기억을 염려하지, 생생히 살아있는 감정을 지켜내는 데에는 서툰 감수성을 보여주기 때문이다. 증세를 확인한다며 '오늘 날짜가 뭐야?', '어제 뭐 했어?'와 같은 물음을 던지고 당사자를 더욱 위축되게 만든다. 웬만한 성인도 30분마다 기억을 확인하면 당황할 텐데 위축된 어르신에게는 더욱더 힘든 일일 것이다.

치매는 이처럼 남은 가족 사이의 관계 악화, 우울증 등 개인을 홀로 감당하기 어려운 상황까지 내모는 질병임을 인지해야 한다. 당당히 살아왔던 나의 자존감이 훼손되고, 생의 끝날까지 비싼 비용이

들뿐더러, 나를 지켜주는 이들에게 기약 없는 고통만 주기에 어떤 대가를 주어도 피하고 싶은 질병 치매. 모두가 두려워 애써 존재를 숨기는 질병 치매를 이제는 함께 꺼내고 이야기해야 한다.

Chapter 2. 기억의 집을 설계하다

기억이란 무엇일까요?

 선생님들은 지금 무엇을 기억하시나요?

김종희

첫 만남, 기억의 집을 짓기 위해 고민하는 우리에게 던져진 첫 질문이다. '기억의 집' 프로젝트의 전반적인 컨설팅을 맡아 줄 '문화공간 빈빈'의 김종희 대표님이 아이 같은 미소를 지으며 물었다. 그녀의 질문에 가장 오래된 기억부터 하나씩 더듬기 시작한다.

내 머릿속에 남은 몇 가지 순간이 있다. 첫 기억은 아버지 차 뒷자리에 누워서 본 차창 위 풍경. 빠른 속도만큼 획획 지나가는 하늘과

전깃줄을 보며 내가 움직이는 것인지, 하늘이 움직이는 것인지 고민하던 어린 순간이 내 기억 속 첫 번째 장이다. 그 뒤로는 고속도로 장거리 운전에 비닐봉지에 얼굴을 묻고 구토하던 순간이 기억나고, 욕조가 없던 시절 이모 집에서 목욕하다 미끄러져 뒤통수가 찢어졌던 아찔함, 어린이대공원에서 탔던 청룡열차의 덜거덕거리는 바퀴 소리도 기억난다.

함께 앉은 다른 선생님들도 처음 먹어본 열대과일에 감동 받았던 순간을 꺼내기도 하고, 아직 광안대교가 완공되기 전 넓은 하늘이 보였던 광안리에서 수영하던 기억과 마이크를 잡고 누군가의 앞에서 프로그램을 진행하던 떨리는 시작을 떠올리기도 했다. 아직 서로에 대해 깊이 알지 못하는 다섯 명의 예술가가 신나게 기억의 파편을 꺼내는 사이, 알 수 없는 미소를 지으며 우리를 바라보던 그는 곧이어 다음 질문을 던졌다.

김종희

서로 지난 기억을 꺼내 보니 비슷한 이미지들이 많지요? 친근감도 더해지고, 반가운 마음이 들기도 합니다. 그럼 여러분, 치매라고 하면 어떤 기억이 떠오르세요?

가장 먼저 떠오르는 건 요양병원에 입원하기 전날 밤 할머니가 내게 보여준 미소. 날 향해 '우 서방'이라고 했던 날의 충격과 자꾸 창밖에 누가 걸어 다닌다고 말씀하시던 어느 밤의 서늘함. 졸음과 싸우며 힘겹게 눈을 뜨던 할머니의 모습, 이미 흥건해진 바지와 낯선 감각에서 오던 두려움, 할머니 표정에 스치는 자괴감, 알츠하이머 진단을 받고 자신의 변화를 용인할 수 없던 할머니의 분노까지.

닮은 기억에 공감하고 웃음을 나누던 우리였지만, 치매에 대한 기억 앞에선 옅은 미소도 지을 수 없었다. 어떤 시절을 통과했을지 너무나 잘 알기에 작은 숨조차도 버거웠다. 우리는 모두 지난 시간을 애써 덮어두었다. 치매로 마주했던 상황이 너무 두려웠고, 사랑하는 사람을 외면해야 했던 시간 전부가 상처였기에 그런 일이 없던 것처럼 모든 기억을 잊고 살았다. 자신이 던진 질문에 표정이 무거워진 우리를 보고 김종희 대표는 웃으며 말했다.

김종희

같은 기억이어도 이렇게 다르죠. 바로 이 차이가 우리가 시도할 빈틈이에요. 치매에 대한 생각을 긍정하고, 내가 통과한 모든 기억을 여전히 즐겁게 꺼낼 수 있게 도와주는 작업이죠. 자갈치를 걷다 고갈비 굽는 소리만 들어도 뜨거운 청춘 시절로 되돌아가는 것 같잖아요. 듣고, 맡고, 만져보는 모든 것이 기억이면서 예술이지요. 우리가 함께 고민해 치매 환자의 기억을 꺼내고, 치매 환자를 보호했던 가족들의 상흔을 어루만지면 어떨까요. 버려지는 기억이 없다면 사랑하는 사람을 더 오래 기억할 수 있지 않을까요? 서툴렀던 지난 시절의 나와 마주하고 화해한다면 더 많은 순간을 기억할 수 있을 거예요.

이제야 김종희 대표님이 던진 질문의 의도를 이해한 우리는 보다 적극적으로 각자의 기억을 꺼내기 시작했다. 어떤 느낌이 가장 따뜻했는지, 엄마가 음식을 해주던 소리나 냄새에 대한 기억은 어떻게 남아 있는지 혹은 낯선 도시의 어떤 골목이 날 눈물겹게 했는지에 대해 나누었다.

기억 속 저편으로 건너가기 위해선 작은 디딤돌이 필요했다. 이런 디딤돌은 모두에게 있을 것이다. 어느 오후 버스에 앉아 듣게 된 라디오에서 첫사랑과 함께했던 노래 가사가 흘러나올 때, 마치 타임머신을 탄 듯 과거의 어느 순간으로 빨려가는 경험은 누구나 한 번쯤 해봤을 것이다.

거리 위 포장마차에서 풍기는 닭꼬치의 비릿한 양념 냄새를 밟고 학창 시절로 건너가고, 목욕탕을 지날 때 환풍기에서 풍겨 나오는 락스 냄새를 밟고 엄마와 함께 목욕하던 순간으로 건너가는 것처럼 시간의 물결을 건너기 위해선 내 기억을 보조해줄 작은 디딤돌들이 필요했다.

김종희 대표님은 내 기억의 디딤돌은 시골에서 사용하던 '트랜지스터'라고 말했다. 안테나를 통해 들려오던 세상의 이야기들. 이젠

지지직거리는 소리만 들어도 과거의 순간이 흑백영화처럼 떠오른다고 했다. 밴드를 운영하는 전현미 대표님은 음악만 나오면 세포 하나하나가 먼저 기억해 움직인다며 모든 멜로디가 나의 디딤돌이라 말했다. 이들은 모두 감각을 통해 '기억의 각성'과 '과거로의 회귀'가 이뤄질 수 있다고 말했다.

소리를 재현하고, 향기를 구성하고, 기억을 시각적으로 표현하는 공감각적 경험들. 치매에 대한 예술적 접근이 필요한 이유였다. 그렇다. 예술은 낮은 문턱조차 없는 직관적이며 감각적인 영역이다. 우리의 작업을 통해 지친 치매 당사자, 요양보호사, 가족 모두가 서로를 이해하고, 부드러운 얼굴로 서로를 바라보는 상상을 해본다.

"그런데 꼭 상상이 현실이 될 것 같지 않나요.
우리가 함께하니 상상만 하던 '기억의 집'이 현실이 될 것 같아요."

너무나 아이 같은 웃음을 짓는 김종희 대표님의 표정에 모두 긴장이 풀리고 만다. 웃음의 힘이었을까, 이야기를 거듭할수록 고민은 조금씩 구체적으로 좁혀졌다. 일단 우리가 이해해야 할 것은 두 가지였다. 하나는 '치매'란 특성에 대한 이해였고, 다른 하나는 예술을 통해 '어떤 기억'을 확장할 것인지에 대한 선택이었다.

한참을 이어진 토론 끝에 한 가지 재미있는 사례도 발견했다. 1세대 재일교포가 치매 진단 이후 일본어는 잊어도 한국어는 끝까지 기억했다고 한다. 가장 가까운 기억은 잊어버려도 마치 등불처럼 나다움을 유지하는 본연의 기억만큼은 끝까지 남는다는 것이다. 각자의 내면에 담긴 기억의 등불을 찾아내는 것. 그리고 그 기억의 등불을 창조적으로 재현해내는 것. 그것이 우리가 '기억의 집'에 담고자 하는 내용이었다.

이 프로그램이 정말 공감받을 수 있을까요?

치매에 대한 감정과 각자가 삶에서 통과한 지난 경험을 나누어서 그런지 모두 지레 겁을 먹고 긴장한 분위기다. 오직 첫 질문을 꺼낸 김종희 대표님만이 희망에 가득 찬 얼굴로 우리가 함께 만들 결과물에 대한 기대를 말했다.

 이렇게 역량 있는 분들과 함께한다면 너무 좋은 결과가 나오지 않겠어요?

김종희

조금의 의심도 없는 티 없이 맑은 미소. 얼굴 가득 지어 보이는 미소에 우린 허탈하고도 씁쓸한 웃음만을 지어 보였다. 의미 있는 무언갈 만들고 싶지만, 어디서부터 어떻게 시작해야 할지 아무것도 보이지 않는 이 막막함. 괜한 일에 뛰어든 것은 아닐까 하는 스산한 불안함마저 스쳐 지나갔다. 무엇보다 나는 '기억의 공감각적 작업'을 시도하기 전에, 애당초 그 기억은 누구의 어떤 순간에서 비롯되어야 할지 의문이었다.

우동준

질문이 있습니다. 그런데 우리가 치매 환자의 기억을 마주한다고 해도… 모두 저마다 지니고 있는 기억이 다르잖아요. 세대에 따라서도 다를 테고, 젠더에 따라서도 특정한 기억이 다를 테고요. 그렇다면 한 사람에게서 꺼낸 기억이 어떻게 예술로 연결되고, 다른 사람들에게도 공감받을 수 있을까요?

아주 중요한 것이 빠져 있었다. 어떤 방식으로 기억을 표현해야 할지 아무것도 정해지지 않은 상황에서 가장 큰 어려움은 누구의 어떤 기억을 대상으로 하는가였다. 우리는 아직 누구의 기억을 듣고 고민할지도 이후 누구와 이 기억의 재현을 함께 경험할지도 고민하지 않았다. 기억을 매개로 새로운 이야기 자리를 만든다고 하여도 내가 공감할 수 없는 지극히 개인적인 기억이면 그 쓸모가 없지 않을까.

치매라는 병명보다 고민인 건 30년이란 간극. 이 세대 간극 속 개별성을 어떻게 이어낼 것인지였다. 나의 고민을 들은 예술인들은 하나둘 각자가 그려보았던 기획의 타래를 풀어내기 시작했다.

'그렇다면 내 젊은 날이 담겨 있는, 모두가 통과했던 젊은 시절과 닮아 있는 공간을 만들어보는 건 어때요?'

'좋아요. 보통 특정한 세대가 공감하는 특정한 문화적 코드가 있잖아요. 내 삶 속 공간은 시대적 측면과 어우러지기 마련이니까 사회적 사건도 하나의 도구가 되지 않을까 싶어요..'

'그런데 이렇게 기억을 끌어내는 일이 치료가 될까요? 너무 보편적인 이야기면 박물관에서도 할 수 있는 이야기잖아요. 정말 효과가 있을까 모르겠어요.'

여러분, 너무 많은 고민을 한 번에 해결할 순 없겠죠. 첫 모임이고, 무엇보다 부산에서 해보는 첫 시도니까요. 우선 너무 많은 걸 목표로 잡기보다는 치매라는 '다양한 감정이 섞인 질병' 앞에서 이런 예술적 시도 역시 가능하다는 걸 보여주면 어떨까요? 치매에 대응하는 단순한 모형 개발을 목표로 하는 거예요. 이건 장기적으로 예술복지 그리고 노인복지와도 연결될 수 있을 테니까요. 부담보다는 우리의 작은 시도가 어쩌면 또 다른 영감을 불

김종희

러일으킬 수도 있다는 기쁨으로 고민해봐요.

치매라는 단어의 무게만큼 너무 많은 이야기가 한꺼번에 쏟아졌지만, 김종희 대표는 오히려 마음이 답답할수록 가볍게 나아가보자는 마음을 건넸다. 가볍게 걸어갈수록 깊게 나아갈 수 있을 테니 말이다.

치매는 모두가 두려워하는 질병이다. 아무리 성공 가능성이 낮은 암에 걸렸다 해도 수술을 통해 생을 지속할 일말의 가능성이라도 존재하지만, 치매는 진단받은 순간부터 회생 가능성 없이 매일 하나의 기억을 잃어야만 하는 질병이다. '예정된 공백'. 아무리 노력해도 달라질 것이 없기에 자신을 서둘러 놓게 되는 또 다른 비극의 시작이 바로 '치매'란 질병이다.

치매는 그렇게 생물학적인 죽음이 아닌 내가 누구인지 알아보는 지난 기억과의 끊어짐을, 존재감을 지닌 온전한 나로서의 죽음을 의미한다. 만약 우리가 질병을 낫게 하는 것에 초점을 맞춘다면 많은 사람의 공감을 얻지 못할 것이다. 오히려 치매로 고통받는 많은 이가 필요로 하는 건 치매 당사자의 두려움을 완화 시켜줄 수 있는 프로그램, 치매 보호 가족과 우리 도시의 문제를 함께 고민해볼 수 있는 이야기 장일 것이다.

우리가 만들 '기억의 집'이 사회의 공감을 받기 위해선 치매 진단 이후에도 어르신이 나로서 존재할 수 있는 기회와 타인과의 지속적인 연결고리가 제공되어야 한다. 이제 빈틈을 모색해야 한다. 이건 우리 사회의 시선이 어떻게 설계되어야 할지에 대한 복합적인 설계이기 때문이다.

우리는 무엇을 목표로 해야 할까요?

김연진

선생님들 그래도 괜찮아요. 우리 너무 급하게 가지 말아요.

이번 프로젝트로 우리를 모아낸 부산문화재단의 김연진 주임. 조급히 진행하기보다는 신중하게, 하지만 모든 걸음을 분명하게 알 고 걸어가자 말하며 우리를 다독인다. 항상 기한 내에 서둘러 마무리 해달라는 말만 듣던 내게 한 걸음씩 천천히, 신중하게 나아가자는 담 당자의 말은 어색하기만 했다.

새로운 일이 시작될 때 가장 먼저 생각해야 할 건 최종 종착지의 풍경이다. 궁극적으로 무엇을 기대할지 앞서 고민한다면 군더더기 없는 실험을 진행할 수 있으니까 말이다. 누군가 앞서 걸어간 길을 쫓아가는 것이 아니라 아예 새로운 길을 내는 이들이라면 더더욱 한달음에 달려가기보단 한 걸음씩 천천히 땅을 디디며 나아가는 게 중요하다.

　　그래서 급하게 진행하지 말자는 그의 말이 반가웠다. 시범적으로 시작할수록, 새로운 영역을 개척하는 것일수록 양적 결과를 많이 만들어내는 것보다 본연의 의미를 분명하게 하는 것이 중요하기 때문이다. 그의 단마디 말에서 누구보다도 이 프로젝트가 가진 긍정적인 의미를 기대하고 간절히 응원하는 마음이 느껴져 좋았다.

　　새로운 디렉팅을 받은 우리는 정량적인 표본을 어떻게 확보할지부터 고민했다. 쉽게 말해 수많은 치매 환자를 짧게 여러 번 만나며 진행할 것인지, 아니면 소수의 치매 환자를 깊이 있게 만날 것인지에 대한 갈림이었다. 두 방식 모두 각각의 장점과 단점이 있었다.

　　많은 치매 환자와 가족들을 만나며 데이터를 쌓을 경우 어느 지역에서나 적용 가능한 범용적인 프로그램에 가까워질 테지만, 다양한 시도가 지닌 가치를 논리적으로 설명하기엔 어려움이 있었다. 반면 소수의 사례에 집중한다면 치매를 향한 예술적 접근의 의의와 목적, 그 가치를 정립할 수 있겠지만, 하나의 모듈화된 예술 프로그램으로서의 확산성은 떨어질 것이 분명했다.

늦은 시간까지 고민하며 더 나은 방안을 고민했던 우리였지만, 이야기를 거듭할수록 선택지는 모호해졌다. 어느 정도 안정적인 결과가 나오는 길을 택할지 아니면 더 큰 의미가 담긴 곳으로 향할지 최종결과를 책임지는 담당자의 결단만이 유일한 조건이었다. 이제 누가 최종 선택을 내려야 할지는 뚜렷해졌다.

김연진

나눠주신 말씀 모두 감사합니다. 모두 중요한 의견이라 저도 생각이 많아졌어요. 우선 제 판단은 이렇습니다. 하나에 집중하면 전체가 나오기도 하니까요. 하나의 스토리를 제대로 정리해둔다면 그걸 기준으로 다양한 변화를 줄 수 있다고도 생각합니다.

우선 각자 잘하실 수 있는 예술 영역별로 한 사람의 치매 어르신과 만나 맞춤형으로 준비해보면 어떨까 해요. 오늘 고민해주신 것처럼 이후로도 함께 고민하거나 선택해야 할 것들이 있다면 편하게 나눠주시고요. 다만 다들 이것 한 가지만큼은 꼭 기억해주셨으면 합니다. 내년을 위해서도, 그리고 같은 고민을 가지고 있는 다른 지역을 위해서도 이번에 시도한 각 프로그램에 대한 매뉴얼은 꼭 필요하겠어요. 다들 각자의 방식으로 기록도 부탁드리겠습니다.

그의 결단이 서자 우리는 한 명의 당사자, 하나의 치매 가족 사레에 집중한 개별적인 접근법을 모색했다. 한 명의 사람이 지닌 하나의 기억. 이제 사업 타깃을 특정한 개인의 사례로 좁힌 이상 치매 환자와 그 가족, 그리고 노인 대상 예술 프로그램의 프로세스를 아주 깊이 이해할 필요가 있었다. 치매 어르신과 예술인이 서로에게 동화될 수 있도록, 마치 그의 기억이 나의 기억이 될 수 있도록 충분히 스며드는 과정을 어떻게 마련할 것인지 대한 구체적인 기획도 필요했다.

나는 이들을 바라보며 한 문장이 떠올랐다. **'그럼에도 불구하고'.** 우리의 시도 자체가 특정한 형태를 갖춘 결과물로 나오지 않을 것이고, 분명한 관점을 시각적으로 드러내는 방식도 아닐 것이다. 심상으로만 기획을 끌어가기에 공격받기도 쉬울 것이고, 얼핏 지역성을 띤 특화 교육이거나 어르신을 대상으로 한 전문 실버 교육으로 비치기도 할 것이다.

하지만 이들은 모호함 속에서도 포기하지 않았다. 예술을 통해 치매로 펼쳐지는 이야기를 만들고 대화와 관계를 위한 또 다른 계기를 만들겠다는 의지를 굽히지 않았다. 치매라는 질병을 더 많은 도시에서, 더 많은 이가 함께 고민하고 자기만의 해답을 내어놓을 수 있도록 가장 낮은 단계의 예술적 시도를 해보겠다고 늦은 밤까지 함께 고민에 고민을 거듭하고 있다.

나는 우리가 도시의 미래를, 어르신의 다음을 기대할 수 있게 만들면 성공이라고 생각한다. 그리고 잠시나마 치매 당사자와 가족, 보호사 모두에게 순간의 자유를 선사하는 것이 이번 작업의 궁극적인 목적이 아닐까 생각했다. 이번 작업의 이름은 '치매 사회에 대응하는 예술 경험 프로젝트'다.

　　치매는 불행한 병도 아니고, 안타까운 병도 아니다. 누구에게나 찾아올 수 있는, 우리가 더 편히 꺼내고 함께 고민해야만 하는 질병이다. 그렇기에 아주 간절히 예술로서 정서적 지지와 공감의 경험을 제공하는 하나의 상을 수립하고 싶어졌다. 지금, 치매로 고통받는 이웃들과 함께 말이다.

 우선 각자의 기억부터 나눠보아요

이번 사업에서 다루고자 하는 치매 어르신의 기억은 보편적 사건이 아닌 치매 환자와 가족이 공유하는 아주 개인적이고 지극히 주관적인 기억으로 정해졌다. 이제 낯선 타인의 내밀한 기억을 꺼내기 위해서 여섯 명의 예술가들이 지닌 각자의 기억부터 되짚어 보기로 했다. 남천동에서 소담한 문화공간을 운영하는 김종희 대표님은 가장 먼저 우리의 기억 속 가장 의미 있는 공간이 어디인지를 물었다.

김종희

여러분은 어떤 공간이 가장 기억에 남나요? 만약 질문이 어렵다면 어떤 공간을 가장 오래 기억하고 계시나요?

탁경아

오래 기억하고 싶은 공간은 있어요. '공간'이라고 하면 가장 먼저 떠오르는 기억이죠. 대학교에 입학하고, 처음 독립을 해봤어요. 가족과 다 떨어져 혼자 학교 근처 2층 방 한 칸을 얻었거든요. 성인이 되고 독립한 경험이 너무 행복했어요. 그 2층 난간에 걸터앉아서 야경을 보던 순간이 아직도 생생히 떠올라요. 시간이 지나서 기억이 무뎌진대도, 그 풍경만큼은 잊히지 않을 거예요. 그때 했던 생각들, 그때 봤던 풍경들이 지금 작업까지 고스란히 이어지고 있거든요.

김연진

저는 어린 시절 말고는 아파트에서만 살았어요. 그래서인지 유년 시절, 2층 단독주택에 살았던 기억이 아직 잊히지 않아요. 주택이 주는 따뜻한 느낌이 좋았거든요. 그리고 대학교 졸업하고는 고시원에 살았는데, 그 시절이 제겐 최악의 기억이에요. 너무 좁고 낮았어요. 고시원에서 지낼 때는 천정이 낮아서 악몽을 자주 꿨는데, 이후에도 저는 천정이 낮은 곳에만 가면 괜히 기분이 우울하더라고요. 통과했던 지난 공간에 대한 기억이 남아 요즘에도 층고가 높고 2층 단독주택으로 된 카페를 주로 찾고 있어요.

그래요. 누구에게나 각자의 의미가 담긴 공간이 있기 마련이지요. 공간에는 개인적 의미만이 아니라 사회적 의미도 함께 스며듭니다. 가령 6·25전쟁 때 피란민들이 가장 살고 싶어 했던 곳이 대신동이었어요. 대신동에 가면 슬라브집이 지금도 많습니다. 슬라브집 산다는 건 곧 여유가 있다는, 돈이 충분히 있다는 의미였어요. 1970년대부터 1980년대 초반까지, 슬라브집은 고생한 세대가 경제적 자유를 획득하고 나를 세상에 표현한다는 사회적 의미도 함께 가지고 있던 것이죠.

김종희

두 예술가는 공간과 엮인 경험을 꺼내며 각자의 미숙했던 어린 시절과 불안했던 사건을 말했다. 우리는 각자의 기억 속에 담긴 공간을 설명할 때마다 잊고 있던 기억과 묻어두었던 감정, 아련했던 시간과 순간으로 돌아감을 느꼈다. 특유의 냄새와 습도를 상상하는 것만으로도 기억 속 공간이 재현되었다.

우리가 말하는 공간은 벽과 천정이 있는 닫힌 구조만을 의미하지 않았다. 사랑하는 사람과 처음 방문해본 신혼여행지, 매일 걷던 등하굣길의 어느 골목과 같이 매 순간 변화하고 고정되지 않는 장소마저 특별한 정서가 담긴 나의 '기억 속 공간'이었다. 그렇다면 빠르게 진행되는 치매 증세 속 우리가 꺼낼 공간의 모습은 무엇일까. 다양한 감각으로 재현할 '기억의 집'에서 우리는 어르신의 어떤 순간을 초대해야 할까.

다양한 장르의 예술인들과 둘러앉아 이야기 나눌수록 우리의 고민은 잔가지처럼 예측하지 못한 방향으로 퍼져갔다. 사업의 목적과 방향성에는 공감했지만, '기억의 집'을 짓기 위한 조건이 모두 달랐다. 예술 특성에 따라 누구는 조밀한 공간 조성이 필요한 반면, 누구는 팀의 퍼포먼스를 수용할만한 넓은 공간이 필요하기도 했다.

전현미

저는 공간보다는 소리에 대한 고민이 커요. 어떤 사운드를 어르신들에게 제공해야 할까 고민해야 하죠. 만약 특정한 공간을 꾸민다고 하면 상상력을 자극할 수 있는 무언가가 저는 조금 더 있어야 할 것 같아요. 색감 중심의 조성도 괜찮고, 톤을 맞춘 그림도 하나의 방법이 되겠네요. 지금 언뜻 드는 생각으로는 어르신이 공간 어딘가 놓여있는 옛날 라디오를 보고 만졌을 때, 그 낡은 곳에서 굉장히 익숙한 시대의 노래가 나오거나 그분이 가장 좋아했던 노래가 나오는 방식이면 어떨까 고민하고 있어요. 노래로 이야기를 풀어가기 위해선 감정이나 공감대를 어떻게 맞출지 섬세하게

안내해야 해요.

이지숙

연극이라는 것 자체가 공간을 만들고, 공간과 함께 표현해내고 공감을 얻는 것이기 때문에 매번 스토리에 맞는 무대가 필요해요. 그래서 어디서든 새로운 공간을 만들어내는 연습을 늘 해오긴 했었죠. 큰 틀에선 어떤 공간이 주어지든 내가 하고자 하는 이야기를 재구성해서 할 수 있다는 생각이 있어요. 다만 저는 공간 내부에서 어떻게 감각적인 걸 안내할지 고민이에요. 사람 기억이라는 게 공간에 무엇이 있었다는 인지도 중요하지만, 촉감이랄까요? 그 공간을 직접 만져도 보고 걸어도 보면서, 공간이 지닌 명도와 채도를 나의 감각으로 느껴보는 게 중요하다고 생각하거든요. 처음 이 프로젝트를 제안받고 해보고 싶었던 건 관객들이 공간을 두 발로 구석구석 찾아다니면서 체험하는 형태였어요. 방문도 열어보고, 계단도 올라가 보는 거죠. 하나의 연극 공간을 다채롭게 경험한 이들이 더 많은 걸 세상과 공유할 수 있도록 유도하고 싶은 마음이 크죠.

예술이 만들어내는 빈틈이라면 치매라는 단어 안에도 다양한 색감의 체험을 넣을 수 있다. 놓여있는 라디오에서 갑자기 흘러간 옛노래가 나온다면, 익숙한 과거의 공간을 내 손과 발로 걸어 다닐 수 있다면, 생경하기만 하던 치매 어르신의 세상 속에도 다시 안정감과 편안함이 자연스레 녹아들 수 있을 것이다.

예술가들의 고민처럼 공간에는 특정한 사물도 존재하지만 소리나 향, 손에 잡히지 않는 햇살도 담겨 있다. 같은 콘텐츠라고 하더라도 어느 공간에서 이루어지냐에 따라 프로그램의 힘이 달라지는 것이다. 하나의 파동인 빛과 소리도 어떤 매질에 반사되느냐에 따라 울림이 증폭되기도 하고 소멸하기도 하는 것처럼 기억도 어떤 질감의 공간에 빗대 떠오르냐에 따라 그 울림이 달라질 것이다.

많은 이야기를 나눌수록 우리의 목표는 분명해졌다. 치매라는 질병 앞에서 사랑과 책임으로 엮인 당사자와 가족, 그리고 요양보호사와 사회복지사들. 그들 모두가 함께 접속할 수 있는 예술적 공간이, 예술적 경험을 통해 내 삶에 담긴 내재적 가치를 되찾아가는 힘을 길러내는 것이 필요했다. 그렇기에 우린 프로그램을 통해 지친 이들의 심리적 경험 속에 언제나 떠올리고 싶은 순간을 남겨보자는 원대한 목표를 품었다.

한편 나의 고민은 어떻게 하면 치매 어르신을 대상화하지 않고, 그들로부터 이야기를 시작할 수 있을까였다. 타인의 기억을 꺼냈을 때, 그 기억의 타래와 함께 꺼내진 지난 삶의 사건과 상처는 어떤 방식으로 마주하고 위로해야 할지도 앞서 고민해야 했다.

우리는 기억을 꺼내는 것에만 집중할 것이 아니라, 그 기억이 담고 있는 의미를 새롭게 정의하는 과정까지 동행해야 한다. 그 순간이 나에게 어떤 의미였고, 그래서 나는 순간의 풍경에서 어떤 감정을 느끼고 있는지 자신의 언어로 새롭게 정의해내는 과정을 지원하며 옆에서 가만히 귀 기울여 들어주는 시간이 필요했다. 치매 어르신에게 남아 있는 강렬한 기억은 유도하지만, 기억에 대한 정서만큼은 스스로 마감하도록 기다려주는 균형감각 말이다.

기억에는 슬픈 기억도 있고 희망적인 기억도 있다. 공간과 장소를 통해 기억을 끌어낸다고 해서 모든 순간이 반가울 것이라는 건 섣부르고 순진한 착각일 것이다. 그렇기에 꺼내진 분노. 급격한 우울. 그 모든 감성이 잘 순환돼 치매 당사자가 스스로 기억을 정의할 수 있도록 보조하려는 노력이 수반되어야 했다. 무엇보다도 기억을 묻고 기록하면서 개별 기억에 대한 감수성과 책임감도 함께 장착해야만 했다.

김종희

좋은 고민이네요. 이런저런 이야기를 많이 나누었는데 집에 돌아가서도 늦은 시간까지 고민이 많을 것 같습니다. 어떤 방식으로 고민을 좁혀가야 할지 어렵겠네요. 하지만 모든 고민이 더 좋은 '기억의 집'을 향하게 할 거라 믿어 의심치 않습니다. 여러분의 이야기를 듣다, 문득 이런 생각이 들었습니다. '공간과 장소'는 곧 특정한 위치를 뜻하는 말이지만, 두 개는 큰 차이가 있지 않을까 해요. 공간이 새로운 움직임이 시작되는 곳이라면, 장소는 움직임이 멎는, 정지된 순간을 뜻하는 게 아닐까 싶습니다. 그런데 이 움직임이라는 게 물리적인 것만을 의미하진 않을 거예요. 어느 때엔 소리도 멈추고, 빛도 멈추고, 이야기도, 강렬했던 감정도 멈출 수 있 겠죠. 그래서 너무 많은 이야기를 꺼내기보다는 한 차례 움직임이 멎 은 이야기. 어르신들이 기억하는 장소에 대한 이야기부터 먼저 질문 해보면 어떨까 싶어요. 부드럽고, 천천히요.

우리, 기억의 집을 위해 더 많은 분과 만나봐요

'지금, 이 순간까지 이어지지 않고, 그날로 멎은 이야기'

'어르신들 스스로의 힘으로 한 차례 마침표를 찍은 기억 속 장소에 관한 이야기'

석 달간의 토론이 끝나고 우리가 수집하고자 하는 치매 어르신의 기억이 비로소 정리되었다. 목표가 분명해지자 우리의 다음 걸음도 또렷해졌다. 먼저 어르신의 기억 속 장소를 확인하기 위해 치매 당사자와 보호 가족, 그리고 요양보호사를 긴 호흡으로 만나보기로 했다. 한 어르신의 기억을 종합적으로 꺼내기 위해선 스토리텔링, 즉 서사가 필요했다. 상황을 설정하듯 사건만 툭 부여되는 것이 아니라 그 앞뒤로 어떤 사람과 교류하고 감정을 나눴는지 종합적으로 확인해야만 강렬한 몰입을 이뤄낼 수 있기 때문이다.

치매 어르신의 일상과 가장 많이 엮이는 곳은 가정과 보호센터다. 넉넉지 않은 프로젝트 기간 안에서 어르신의 피로도와 콘텐츠의 질을 동시에 조율하기 위해선 시작단계부터 끈끈한 협업체계로 가는 것이 중요했다. 우리의 목표는 한 번의 프로젝트를 성공적으로 마무리하는 것이 아니라, 파편화된 도시 속에서 치매라는 어려움을 함께 모색하는 온전한 모델을 만드는 것에 있었기 때문이다.

치매 환자가 있는 가족은 시간이 갈수록 '치매'라는 단어에 민감해진다. 자유롭지 못한 상황, 어렵기만 한 보호 속에 자괴감과 상실감, 이후엔 서로를 향한 분노마저 쉽게 이어진다.

치매 당사자는 스스로를 너무 빨리 포기하는 경향이 있었다. 달라질 여지가 보이지 않는 삶 앞에서 나를 염려하는 이들에게 폐가 될까 봐 뒤로 숨어버리고, 단절하는 특성이 오히려 치매를 가속화하고 말았다. 물론 요양보호사도 여러 고통을 겪는다. 치료와 보호로 제공하는 약물은 사람의 본능을 거세시킨다. 사람과 사람이 즐거이 교류하며 감정을 나누는 경험, 회복하고 치유 받고 하나씩 개선되는 상황이 아닌 그저 고요히 죽어가는 시간을 곁에서 지켜보는 것 역시 내 가

슴에 생채기를 남기는 일이다. 그래서 우리의 작업은 한 사람의 회복만을 향하진 않았다. 치매 당사자와 요양보호사, 보호 가족까지 상처받은 모두의 정서가 기억의 집에 초대할 대상이었다.

우리가 만들 모형이 그런 가속화의 방지턱이 되길 바랐다. 예술로서, 예술가와 함께 사회통념에 접근해 치매와 맞닿은 편견과 부정적 느낌에 작은 은유라도 덧씌우는 작업이 되길 희망했다. 내 가치, 내 자존감, 내가 나임을 잃지 않는 것을 예술 경험이 제공하는 것이다. 잘 다듬어진 장소 디자인보다는 공간을 찾은 이들과 접촉 면적이 넓은, 기억과 정서의 회복을 끌어낼 수 있는 단순하면서도 편안한 이야기장이면 충분할 것이다.

'기억의 집'은 어르신의 이야기를 꺼내 듣는 작업과 이를 예술적으로 표현해내는 작업, 이 모든 과정이 경중 없이 모두 중요했다. 행복한 순간을 떠올리고, 여전히 행복하다는 판단을 반복적으로 경험한다면 치매로 인한 두려움과 자괴감의 그림자에도 빈틈을 만들 수 있다.

하지만 우리 모두 치매를 앓았던 가까운 가족을 제외하곤 치매환자와의 직접적인 경험이 전무했다. 매스컴에서 미화되는 내용이거나 노출된 내용만 알 뿐 현장에서 겪었을 어려움과 사소한 고민은 하나도 듣질 못했다. 무엇보다 대상자의 기억을 어떻게 상기시켜야 할지, 포커스를 넓혀나가는 작업 방식은 어떻게 해야 할지 조심스럽게 확인할 필요가 있었다.

선한 의지만큼 중요한 것이 세련된 기술이다. 아무리 몸에 좋고 건강한 재료로 돌돌 말은 김밥이라도 마감이 서툴고 간단한 칼질에 모양이 흐트러진다면 누구에게도 내어놓을 수 없는 음식이 되고야 만다. 그동안 우리의 기획과 고민을 예리하게 다듬은 만큼 이제 현장에서 노년 세대와 다양한 활동 경험을 쌓아온 예술가들의 의견과 어려움에 대해서도 청해 들어야 했다. 이젠 교육이 아닌 경험을 공유받을 순간이었다. 더 따뜻한 기억의 집을 위해 더 많은 분과 만나야만 했다.

치매 어르신을 케어하는 두 사회복지사와의 대담

치매 인구는 매년 늘어난다. 나는 갓 사회로 진출한 순간부터 20대 마지막까지 관심과 사랑으로 치매 어르신 곁에 머물던 두 사회복지사를 만났다. 요양원과 요양병원에서 근무하는 두 사회복지사의 언어를 통해 시설에 따른 서비스의 차이는 무엇인지, 코로나 시기 어르신들은 어떤 어려움에 부닥쳐있는지, 앞으로 치매 문제를 사회와 함께 풀어가기 위해 어떤 고민이 필요할지 물어보았다.

Y   5년 차 사회복지사. 치매 어르신 요양원에서 사회복지사로
     근무하고 있으며, 어르신을 위한 다양한 문화프로그램을
     기획·운영하고 있다.

K   4년 차 사회복지사. 요양병원 사회복지사로 근무하며 삭막
     한 의료공간 속에서 어르신과의 관계와 교류의 끈을 놓지
     않으려 애쓰고 있다.

Q. 요양원과 요양병원. 꼭 필요한 시설이지만, 근무 환경으로는 쉽지
   않을 것 같습니다. 두 곳에서 일하기엔 힘들지 않으신가요?

Y   힘들긴 하죠. 그런데 이제 많이 적응되었어요. 요양원에서 일한
    지 이제 딱 5년 11개월이네요. 곧 6년이 됩니다. 매일 기쁘게 어
    르신을 모시고 있는데 요양원이라는 곳이 죽음과 안타까움이 공
    존하는 곳이잖아요. 그래서 몸이 힘든 것보다 마음에 여러 어려
    움이 있어요. 남들은 '익숙해지면 괜찮을 거다'라고 얘기하지만,
    일이 익숙해질수록 어르신의 죽음과 안타까움에 무덤덤해지는
    게 무섭기도 해요. 입사한 지 얼마 되지 않았을 때는 어르신 돌아
    가시면 무섭고 겁도 났는데, 지금은 어르신 사진 정리부터 새로
    입소할 분들 계획수립까지 당장 제가 해야 할 일에 대한 생각이
    먼저 드는 거예요. 요즘은 제가 조금씩 변하는 건가 싶어서 힘들
    고 겁이 나기도 하죠.

K   저도 몸보다는 마음이 힘들죠. 저는 요양병원에 있는데 어르신과
    지내면 안타까운 마음이 너무 커요. 얼마 전까지 즐겁게 밥을 먹

고 나를 보며 반갑다고 말해주던 엄마가 어느 순간부터 갑자기 나를 알아보지 못한다고 생각해보세요. 얼마나 슬프겠어요. 보호자들도 늘 눈물 흘리면서 가세요. 서로에게 전해지지 못하는 감정과 마음이 제겐 보이니까 안타깝고 마음이 늘 힘들죠.

Q. 곁에서 어르신들을 지켜보시잖아요. 보편적으로 어르신들이 끝까지 기억하시는 것도 있나요?

Y 참 희한한 게 본인이 정말 행복했던 기억은 마지막까지 잊지 않으세요. 정말 자주 말씀하시거든요. 어르신들 기력이 완전히 떨어질 때까지요. 그리고 끝까지 잊지 않으시는 게 아들과 딸 이름인 경우가 많아요. 얼굴은 바로 알아보지 못해도 자식 이름은 부르면서 찾으시는 거죠. 그리고 스토리는 기억하지 못하지만, 큼직큼직한 이벤트는 기억하시더라고요. 그래서 이건 사회복지사의 스킬인데, 어르신이 말하는 그 날 그 상황으로 들어가서 얘기하면 반응하기도 하세요.

Q. 기억의 집도 그런 차원에서 진행하고 있어요. 인터뷰를 통해 그 어르신이 기억하는 순간으로 돌아가서 그 시절의 이야기를 나누는 것이죠. 전화기도 가져다 놓고, 그 시대 그 시절의 액자도 가져다 두고요.

Y 반갑네요. 저희는 그걸 '회상 활동'이라고 해요. 어르신이 가마솥

에 밥하던 옛날 사진이라든지 아니면 TV에서 옛날 만화영화를 보여드리면 기억하시고 반가워하시더라고요.

Q. 그럼 어르신의 과거로 돌아가 함께 기억을 회상하는 것이 긍정적인 영향을 남긴다고 생각하시나요?

Y 이것도 양면성이 있다고 봐요. 옛날에는 사람과의 관계가 중요했잖아요. 그래서 기억을 시작하면 사람과의 관계나 교류까지 떠오르는 거죠. 그래서 떠오르는 모든 기억이 좋다고 얘기하긴 어렵겠어요. 좋았던 기억이 떠오르더라도, 생각의 타래를 따라가다 보면 불쾌했거나 상처받았던 순간도 떠오르기 마련이니까요.

Q. 그럼 말씀하신 '회상 활동'은 모든 곳에서 하는 서비스인가요? 요양병원과 요양원의 서비스 차이는 무엇일지도 궁금하네요.

K 요양병원에서도 비슷한 활동은 진행해요. 그런데 복지서비스가 메인은 아니라서 비중과 몰입도가 부족하긴 하죠. 요양병원과 요양원은 치매 어르신을 어떤 관점으로 바라보는지가 가장 큰 차이예요. 요양병원에선 어르신들을 '환자'라고 생각하죠. 실제로 훨씬 쇠약한 분들이 계시기도 하고요. 저는 요양병원 사회복지사로 근무했는데 대부분 각자의 가정에서 보호하시다가 요양원으로, 요양원에 계시다가 마지막 요양병원으로 오시는 경우가 많아요.

Y 어르신에 대한 개입도 관점에 따라 달라져요. 병원은 치료적 차

원의 개입이고, 요양원은 보호적 차원의 개입이에요.

K 그리고 요양병원은 의료기관이기 때문에 의사와 간호사, 간호조
무사분들이 어르신과 만나요. 그리고 병원이라 중증 치매 이상인
분들은 다치면 안 되기 때문에 '웬만해선 움직이면 안 되시는 분'
이라고 생각을 하죠. 침대 억제대도 높이고, 움직임이 많으신 경
우는 보호자 동의로 '신체 구속'을 하기도 해요. 보호를 위한 작업
이에요.

Y 다만 '구속'도 최대 2시간이고, 이후엔 무조건 풀어드려야 해요.
그리고 보호자 동의가 필요한데, 보호자들도 의사가 필요하다고
하면 별수 없이 동의하시긴 하죠. 그런데 그 동의가 할머니나 할
아버지의 동의가 아니잖아요. 누가 본인을 구속하고 싶어 하겠습
니까. 피부도 쓸리고, 갑갑하잖아요.

Q. 많은 분이 구속에 있어 부정적인 이미지를 갖는 것 같아요. 그게
불법은 아닌 거죠?

K 말씀드렸던 것처럼 병원이니까 어르신이 다치지 않게 보호할 의
무가 있어요. 그리고 보호자의 동의도 필수적으로 받으니까 불법
이라고 할 순 없어요. 실제로 치매 어르신의 운동 신경이 빠르지
못해 잘못해 낙상 사고가 나면 정말 생명이 위독해지실 수도 있
거든요. 머리부터 떨어지는 경우가 정말 많아요. 움직임이 많은
분이라면 다치지 않게 구속으로 보호하는 거죠. 다만 치매 어르

신의 상태에 대한 정보 격차가 있으니 과연 불법과 합법으로만 판단할 수 있을까 고민이 되긴 해요. 정말 보호가 필요한 상황인 건지 아닌지, 보호자는 애가 타고 모를 수밖에 없으니까요.

Y 그리고 또 하나 많은 분이 오해하시는 것 중 하나가 '약에 수면제를 탄다'는 것이지 않을까 싶은데 어르신들이 드시는 약이 생각보다 정말 많아요. 지병처럼 늘 먹어야 하는 약도 많고, 치매에 대한 처방 약도 있어요. 20대, 30대라고 해도 가벼운 목감기약만 먹었는데 졸리잖아요. 그런 것처럼 어르신들이 드시는 약이 워낙 많기도 하고, 또 체력이 약해서 더 빨리 잠드는 경우가 많아요. 어르신 중 변비가 심한 분도 종종 있는데, 변비약만으로도 졸음증세가 오니까요. 물론 여러 처방 중에 사람들이 말하는 신경안정제도 있지만, 처방에 따라 양은 다르고요. 신경안정제가 있어서 확실히 졸음이 강하게 오긴 해요.

K 저는 요양병원에 있는 동안 신경안정제 투여를 자주 보긴 했어요. 요양병원에 입원할 때 의사에 처방에 따르겠다는 합의서, 동의서 등에 서명하거든요. 종종 망상이나 행동 심리 증상이 심해지시는 경우 신경안정제를 투입하겠다고 보호자에게 말하는데, 그때도 보호자가 딱히 할 수 있는 말이 없죠. 그리고 어르신이 주무시면 치료가 편해지는 건 분명히 있거든요.

Q. 치료와 보호라는 관점처럼 두 기관의 중요한 차이가 또 있을까요?

K 인력 배치도 다르죠. 요양병원은 병원이다 보니 사회복지사가 많아야 한두 명이에요. 요양병원은 사회복지사 채용을 늘리는 게 법정 의무가 아니거든요. 저는 요양병원 내 사회사업실에 있었는데, 가벼운 프로그램만 하고 대부분 행정지원 업무를 했어요. 요양원과는 다르죠. 인생 달력 만들기 프로그램이나, 사진 찍는 프로그램처럼 가벼운 내용조차도 진행할 수 있는 시간이 짧아요. 아까 말씀드렸던 것처럼 요양병원은 의료기관이니까 조직 내 권한도 간호사, 간호조무사, 사회복지사 순이라고 보시면 돼요.

Y 제가 머무는 요양원은 '생활 시설'로 분류되기 때문에 사회복지 프로그램 쪽으로 역량이 집중되어 있어요. 법적 채용 인원 수도 요양병원에 비하면 훨씬 많은 편이죠. 그런데 전문 의료 인력이 부족하고, 위급상황에 대비하기 위해서 대형병원 옆에 있는 경우가 많아요. 두 시설의 기능이 다르기 때문에 어르신의 상황에 맞는 고민이 필요해요. 많은 가족분들이 요양원과 요양병원의 차이를 몰라서 어르신의 진행 상황에 맞춘 정확한 케어를 받지 못하는 경우가 정말 많죠.

Q. 시설에서 적절한 보호를 받는 동안에도 어르신의 기억은 계속 소실된다고 보면 될까요?

K 늘 그렇지는 않아요. 전문적인 의학 지식은 아니지만, 제가 오랜

시간 곁에서 관찰한 결론인데요. 어르신들도 한 번씩 기억이 깨어나곤 해요. 갑자기 기억이 돌아오는 경우도 많죠. 프로그램 중인데 한 어르신이 저를 가만히 쳐다보시더니 내 딸이 지금 어디 있냐고, 딸한테 가고 싶다고 하면서 막 찾으세요. 나 여기 너무 오래 있었다고 말씀하시면서요.

Y   저도 많이 봤어요. 어르신들 표현을 빌리자면 '파바박' 하면서 머리에서 번개가 치는 느낌이 든다고 하더라고요. 갑자기 기억이 돌아와서 내가 지금 여기 있으면 안 된다고, 어제 거기 다녀왔는데 다시 가봐야겠다고 말씀하시죠. 사회복지사들끼리는 뇌혈관이 갑자기 뚫렸다고 표현하기도 하고, 신경 사이의 연결이 일시적으로 활발해졌다고도 이야기하는데 정확한 사실은 아무도 모르죠. 기억력이 떨어지는 건 분명하지만, 그 중간 한 번씩 너무 또렷하게 기억이 돌아오기도 해요.

Q. 그럼 시설에 입소한 이후의 일들도 다 기억한다는 얘기인가요?

K   그렇죠. 내가 여기 병원에 오래 머물고 있다는 것도 알고, 돌아가야 할 곳도 기억나고, 누가 나를 애타게 기다리고 있다는 것도 순간에 모두 인식하는 거죠. 그럼 어르신들이 속된 말로 멍해지세요. 급격한 현실감각에 갑자기 멍해지시는 거죠. 그런데 대부분 곧장 기억을 잃어요. 그 시간이 다들 그렇게 길진 않더라고요.

Y   그 순간이 '치매 삼박자'가 모두 가장 안타까워하는 순간이에요.

보호 가족, 치매 어르신, 요양 시설 종사자 모두가 가장 마음 아픈 순간이죠.

Q. 어르신과 가까이 계시니 사회복지사와 요양보호사분들도 마음 아픈 순간이 많았을 거 같습니다.

Y 가장 힘든 건 선의의 거짓말이죠. 지금 우리 요양원에 계시는 어르신 중에 당신 남편이 아직 살아있다고 생각하시는 분도 많아요. 입소 이후에 돌아가셨는데 보호자의 요청으로 구체적으로 말씀드리지 못하는 거죠. 정신적 충격으로 기억이 더 빨리 소실되거나, 몸이 상하는 경우도 많이 있거든요. 여기는 언제나 '삶과 죽음의 경계'에요. 오늘 저랑 살갑게 인사를 나누던 어르신의 물품을 내일 출근하자마자 정리해야 할 수도 있어요. 치매 증세의 어르신과 보내는 일상이 대부분 이렇죠.

Q. 기억의 감퇴가 신체 기능에도 많은 영향을 미치는 건가요?

Y 그렇죠. 먼저 치매라는 걸 스스로 인식하고 나면 우울증이 와요. 삶의 질이 떨어지고 기운이 없어지면서 자연스럽게 식사가 잘 안되죠. 입맛이 없으니까 먹는 게 줄면서 몸은 더 안 좋아져요. 두려움에 다양한 외부활동도 자제하게 되고요. 그러니 자연스럽게 신체 활동이 줄어들면서 면역체계도 떨어지고, 작은 부딪힘에도 크게 다치기 시작해요. 이후엔 내가 생각하는 것만큼 손과 발이

움직이지 않으면서 거동이 불편해지죠. 무엇보다 치매가 심해지고 나선 나의 거동이 불편하다는 것도 면밀히 인지하고 판단하기가 힘들어져요. 움직이겠다는 의지는 강한데 몸이 따라주지 않는 거죠. 그때 급하게 움직이다 낙상사고가 일어나요. 가장 위험한 일이죠.

Q. 치매 당사자도 나이와 성별에 따른 어려움이 있다고 들었습니다. 물리적으로도 정신적으로도 드러나지 않은 많은 고충이 있을 거 같아요.

K 노년 남성도 어렵지만, 중년 남성 치매는 정말 너무 힘들어요. 4, 50대의 건장한 남성의 움직임은 복지사의 의도대로 통제되지 않거든요. 어르신에 의한 성추행 우려도 존재하고요. 그래서 할아버지는 받지 않고 할머니만 받으려는 요양원도 있고, 받더라도 신체 구속을 더 많이 고려하기도 해요. 치매와 관련된 영역에선 노년 남성이 훨씬 더 외곽에 있는 거죠.

Y 나이와 성별을 떠나 언제나 인력에 대한 부담도 있어요. 할아버지가 씻거나 이동할 때엔 요양보호사 어머님들 네다섯 분이 함께 움직여야 하거든요. 조금 난폭한 경우 신체도 사용하시니 제어도 필요하고요. 한 분에게 투입되는 보호사가 많아지면 그만큼 다른 어르신들은 느슨해지니까, 인력이 많이 부족해지는 어려움이 있어요.

K　할아버지분들은 가장으로서 힘들었다고, 내가 누구누구를 먹여 살렸다고 말씀하시면서 지난 기억을 표현하세요. 여성은 여성이라서, 남성은 남성이라서 핍박받았던 시간들, 내재된 욕구들이 눈에 보이는 걸 모두 내 것으로 챙기겠다는 소유욕으로 분출되죠. 치매 어르신들이 먹는 것에 집착하는 이유도 다 이어진다고 생각해요.

Y　치매가 왜 무섭냐면 있는 그대로의 본성이 여지없이 드러나기 때문이에요. 지금 할머니들은 한평생 남성우월주의인 사회 속에서 살아오셨잖아요. 남편을 위해서, 아이들을 위해서, 집안 어른들을 위해서 희생하셨던 시간, 또 억압받던 시절이 쌓여 느닷없이 한 번에 표출되는 경우도 많아요. 늘 마음의 준비를 해야 해요. 어떤 말들과 행위가 쏟아질지 모르니까요.

Q.　치매 어르신과 가족을 위해서, 특히 현장에서 어르신과 마주하는 분들을 위해서 어려움을 극복하기 위한 제도적 접근도 필요할 것 같습니다.

Y　나라에서 '치매 국가 책임제'로 간다고 했지만, 아직 준비는 제대로 되지 않은 거 같아요. 지금 정책이 어르신 2.5명당 요양보호사 1명을 고용할 수 있게 돼 있거든요. 그런데 숫자로만 2.5명당 1명이지 사실상 직원들은 교대로 근무해야 해요. 24시간 어르신을 돌보니까요. 현재 어르신 31명이 있는 층에 근무자는 많아야

7명이 배정되어요. 팀장 한 명 빼면 6명이 각각 어르신 4~5명을 살펴야 하는데, 섬세한 케어가 될 수 있을까요? 보이지 않는 어려움이 정말 많죠. 그리고 나이트 근무에는 모두 주무신다는 이유로 31명의 어르신 관리를 3명에게 맡겨요. 그런데 어르신들은 밤잠이 없으셔서 웬만하면 깨어있으시거든요. 그래서 어르신을 집중적으로 보호하려면 엄청난 집중력을 발휘해야 해요. 그러니 쉽지 않죠.

K 맞아요. 저희도 보통 나이트 근무에는 모두 주무시니까 괜찮겠지라고 생각하고 2~3명이 돌봐요. 물론 야간에는 시설 점검 업무가 훨씬 많지만, 그래도 벅차긴 하죠. 좋은 제도를 만들어도 현장에선 다르게 펼쳐질 확률이 높아요. 그래서 시급한 문제를 해결하기 위해선 현장에서 어떤 어려움이 발생하는지 살펴보는 게 가장 중요하지 않나 싶어요. 만약 기억의 집이 계속 이어진다면, 구체적인 현장의 어려운 기억도 꺼내고 공유하면 좋겠어요.

Q. 코로나 시기에는 어떠셨나요. 가벼운 면회조차도 힘든 상황이었잖아요.

Y 우리 요양원에 한 할머니가 계셨어요. 코로나 이후 모든 면회가 금지되었는데 시간이 갈수록 기억을 잃으시더니 나중엔 아들 세 분 중 둘째 아들만 기억하시더라고요. 치매 어르신들도 만나지 못하면 더 빨리 기억을 잃으시는 것 같아요. 별다른 외부자극이

없어서 그렇겠지요. 코로나 시기를 보내면서 어르신이 사랑하는 사람들을 만나지 못한다는 것과 고요 속에서 더 빨리 기억을 잃어가는 게 많이 안타깝죠.

K 코로나 시기를 보내는 보호자의 입장, 어르신의 입장, 종사자 입장이 모두 달라요. 특히 지금은 외부 프로그램 강사들이 못 들어와요. 바이러스 전파 위험 때문에요. 그래서 어르신 프로그램도 기존 사회복지사들이 모두 맡아서 하고 있어요. 그러면 기존 업무의 느슨함도 생기고, 당사자 보호 관리에 집중하기가 어려워지죠. 2년 전 통계였던 거 같은데요, 자원봉사자로 인해 대한민국의 사회복지 예산의 15%가 절감된다는 통계가 나왔어요.

Y 맞아요. 요양 시설은 세탁, 빨래, 청소 등 생활 노동이 굉장히 많아요. 양을 측정하기도 쉽지 않죠. 평소에는 자원봉사자분들이 그 모든 몫을 메워주고 계셨어요. 자원봉사자분들이 비용이 없어도 마음으로 생활 노동을 맡아서 도와주셨거든요. 그런데 지금은 코로나로 출입이 안 되니 사회복지사와 요양보호사가 생활 노동을 맡고 있어요. 미용 봉사자분들도 오지 못해서서 저희가 직접 어르신들 머리를 자르고 있어요. 생활 노동 역시 사회복지의 영역이지만, 복지 차원에서 어르신에게 전문적으로 제공되어야 하는 서비스들도 있거든요. 그런데 복지사들 모두가 자신의 전공 업무에서 점점 더 멀어지고 있는 거죠. 무엇보다 지금은 다 함께 모이는 집단적인 치료가 불가능하잖아요. 원래는 어르신들 모시

고 함께 드라이브도 나가고 하늘도 보는데, 지금은 시설에만 있으니 하늘을 볼 수 있는 기회가 없어요. 코로나 이전보다 훨씬 우울해하시는 걸 볼 때면 타인과 만나고, 교류하는 시간이 얼마나 중요했는지 많이 느껴지죠.

Q. 면회가 되지 않으니 가족분들 걱정도 훨씬 커질 것 같아요. 서로 만나지 못하는 답답한 상황에서 상처 주는 말도 많이 오갈 것 같습니다.

Y 아무래도 그렇죠. 그래서 요즘엔 아침저녁으로 가족분들에게 사진을 찍어서 보내는 일이 많아졌어요. 마음이 너무 이해되니까요. 하지만 그런데도 내면의 불안함에서 올라오는 불신들이 있어요. 어느 날 어르신이 움직이다가 찰과상이 나서 말씀드리면 혹시 폭력이 있었던 건 아닌지 의심하기도 하고, 괜찮고 잘 계신다는 말씀을 드려도 무언갈 숨기고 있진 않은지 살피시죠. 두 눈으로 직접 보지 못하는 상황이니 보호자도 답답한 마음에 그러셨을 거라고 이해하고 있어요.

K 가족과 멀어질 수밖에 없는 요즘이잖아요. 확실히 코로나 이후 어르신들 건강이 빠르게 안 좋아지고 있어요. 저희가 누군지 알아보는 시간이 점점 오래 걸리는 것도 있고, 거동이 불편해진다든지 프로그램할 때 색칠하는 속도라든지 말투나 눈빛을 봐도 어느 정도 건강이 악화되고 있다는 걸 느낄 수 있어요. 별다른 자극

이 없으니 상황은 악화되기만 하는데 그 속도가 너무 빨라요. 가족분들이 당황스러울 만큼 빠른 경우도 있어 날 선 언어가 오간 적도 많죠.

Q. 치매 어르신을 보호하는 현장에 계시잖아요. 앞으로 치매 인구는 점차 늘어나리라 예측하고 있는데 치매 어르신의 일상을 지키기 위해 우리는 무엇을 해야 할까요?

Y 어떤 것보다도 치매 어르신을 위해 빨리 개선해야 할 게 있습니다. 지금 요양보호사와 치매 어르신의 비율이 2.5대 1인데요. 2대 1까지 비율이 더 내려가야 해요. 2026년까지 2대 1로 맞추는 게 목표이긴 하지만, 하루빨리 내려와야 합니다. 치매 증상이 점점 더 다양하고 심해지는데, 곁에서 케어할 수 있는 요양보호사 수는 너무 한정되어 있어요. 2.5대 1이니 두 명이 다섯 명의 어르신을 케어하는 상황이에요. 무엇보다도 요양보호사 인원 확충을 위한 제도적 지원이 제일 필요한 부분입니다.

K 그리고 이건 많은 복지시설이 보조금으로 운영되다 보니 어쩔 수 없다고 생각하는데요, 보조금 관련 서류가 너무 많습니다. 월말에는 서류작업 한다고 어르신 케어에 신경 못 쓰는 경우가 많아요. 예를 들어 어르신이 오늘은 물을 반 컵만 마셨다는 사실이 중요한 게 아니라, 물을 반밖에 마시지 못했다고 서류에 적는 게 더 중요해진 거죠. 어르신보다 컴퓨터 화면 속 서류를 더 자주 마주

보는 게 잘못되었다는 느낌이 들어요.

Q. 가장 근본적인 문제이겠지만, 복지사와 보호사들의 처우개선도
필요하지 않을까 싶습니다.

Y 일단은 다른 직업과 비교했을 때 정말 상상도 할 수 없는 만큼의
월급 차이가 있어요. 그런데 우선 봉급은 내려놓고, 가장 급한 건
인식개선이 아닐까 싶습니다. 대부분 자부심을 느끼고 사회복지
일을 하고 있거든요. 그런데 많은 분이 '그저 좋은 일 한다'라고만
생각하세요. 물론 좋은 일이지만, 사회복지는 전문적인 일이면서
우리 사회에 꼭 필요한 일입니다. 꼭 필요한 일, 경륜과 경험이 필
요한 전문적인 일이라는 인식이 필요하다고 생각해요.

K 저도 인식개선이 중요하다고 봐요. 얼마 전 치매라는 병명도 '인
지 저하증'으로 바꾸자는 이야기가 나왔잖아요. 그만큼 전반적인
인식개선이 필요해요. 80세 이상 어르신으로 넘어가면 가벼운 치
매 증상이 없는 분들이 오히려 더 적어요. 치매는 누구나 걸릴 수
있다는 인식, 예방적 차원에서 미리 국가의 관리가 필요하다는
인식이 필요해요. 요양원에 보호를 맡기면 된다는 인식도 바꿔야
합니다. 요양원에서 어르신을 케어하지만, 궁극적인 보호자는 가
족입니다. 그리고 치매는 누구나 걸릴 수 있는 질병이니까 숨기
지 않고 이런저런 이야기와 정보가 더 많이 꺼내져야 한다고 생각
해요. 예술가들과 함께 준비하시는 프로젝트로 더 많은 분이 함

께 치매에 관해 이야기하면 좋겠어요.

Q. 쉽게 알지 못했던 현장의 많은 이야기를 꺼내주셔서 감사합니다. 지금 저희가 준비하는 '기억의 집 프로젝트'는 치매 당사자와 보호 가족, 요양보호사와 사회복지사가 함께 치유 받는 프로그램 설계를 목표로 하는데요. 마지막으로 여러분은 평소 어떻게 치유 받고 회복하는지 궁금합니다.

Y 별거 아니에요. 그저 어르신들의 '고맙습니다' 한 마디가 큰 힘이 돼요. '아이고 야야, 니 때문에 산다.' 이런 말들을 들을 때 되게 보람 있어요. 평소에 화장실 못 가시는 어르신이 계시는데 그분이 아침에 시원하게 변을 보셨다고 하면 담당 보호사는 그날 온종일 기분이 좋아요. 다른 건 없어요. 본인이 모시고 있는 어르신의 기분이 좋아지면 같이 기뻐지는 거예요. 그게 치유고 회복이죠. '기억의 집 프로젝트'를 통해 서로에게 '고맙다'라는 말을 많이 할 수 있다면 어떨까요. 서로에게 고마웠다고 말하고, 참 감사했다는 마음만 전할 수 있으면 저는 누구나 회복할 수 있을 것 같아요.

K 요양보호사의 치유도 마찬가지예요. 어르신 당사자가 기쁘고 행복하면 함께 기분이 좋아져요. 그 순간 그 상황에서 나하고 관계 맺고 있는 사람이 기뻐할 때, 나도 함께 기쁜 거죠. 여러 어려움이 있지만, 복지사, 보호사, 영양사분들 모두 여기 계신 분들이 나의 어머니라고 생각하시기 때문에 그렇지 않을까 싶어요. 저는 기억

의 집을 통해 어르신들 모두 기쁨을 되찾았으면 합니다. 보고 싶던 사람을 볼 수 있게 해주는 것만으로도 어르신은 무척 기뻐한다는 걸 꼭 전하고 싶어요.

chapter3. 조금씩 지어지는 기억의 집

어르신과 함께 하는 것엔 어떤 의미가 있을까요?

'치매 당사자를 향한 예술적 접근'이 고민의 시작이었지만, 우리의 대상이 치매 초기 증세를 겪는 한 사람만을 의미하진 않았다. 치매 당사자는 '치매 진단을 받은 이'와 '스스로가 의심스러운 이', 나의 어머니와 이모처럼 '혹시 나도 치매이지 않을까' 염려하는 모든 사람이기도 했다.

우리가 초대할 프로젝트 대상은 분명했지만, 폭넓은 예술 접근을 위해 그보다 넓은 범위의 어르신을 만나보기로 했다. 영어 공부를 시작할 때 가장 기본적인 문법부터 꺼내듯 전반적인 프로그램 흐름을 잡기 위해선 노년 세대와 함께 하는 작업의 의미부터 하나씩 되짚을 필요가 있었다.

시야를 넓히기 위해 각 분야 전문가들을 모셔 이야기를 청해 듣기로 한 후, 가장 먼저 섭외한 분은 반달 님이다. 반달은 다양한 지역 축제를 진행하며 청년예술가와 어르신의 교류 프로그램을 기획하고, 예술을 통해 어르신 내면에 담긴 고유한 이야기를 풍부히 이끌어낼 수 있는 분이었다.

저도 지금 여러분이 고민하시는 것처럼 음악의 힘으로 이야기를 꺼내본 경험이 있어요. 어르신과 그림책 하나를 꺼내 들고 그 안에 담긴 이야기를 내게 익숙한 음에 담아서 자기만의 방식으로 풀어보는 것이죠. 그런 차원에서 여러분도 어르신과 함께 그림책을 봐도 좋겠어요. 부산분들 특유의 거칠고 투박한 언어 속에서도 그림책이 보여주는 부드러운 색채가 내 과거의 기억을 하나둘 떠오르게 하거든요. 그때 할머니들은 자신이 잊고 있던 지난 기억과 이야기를 되찾기 시작하면서 삶이 새로 시작하는 것 같다고, 새로 살아가는 것 같다고 하셨어요.

특히 제 기억에 남는 분이 있어요. 가벼운 치매 초기 증상이 있던 어머니였는데, 약간 삐딱하게 걸으셔서 바로 알 수 있었죠. 매번 수업 시간이 마칠 때마다 따님이 모시러 왔어요. 그런데 하루는 따님이 어머니가 훨씬 젊어지셨다고, 전과 다르게 총기가 생겼다고 하시더라고요. 알게 모르게 함께 시도했던 예술적인 접근과 체험이 영향을 미쳤던 게 아닐까 싶어요. 한 번에 성과가 보이지 않더라도 지속해서 반복한다면 개인의 만족도도 높아지고 다양한 신체 감각도 되살아난다고 생각해요.

2015년도에 탱고가 파킨슨병과 뇌졸중에 효과가 있다는 결과가 나왔어요. 다른 춤도 효과는 있었지만, 압도적으로 탱고의 치매 예방 효과가 높았던 이유는 도파민이 나오기 때문이었어요. 탱고는 마주한 사람과 포옹하고 가까이 눈을 맞대고 있으니 설레는 마음, 즉 도파민이 나온다는 거죠. 탱고 춤을 보면 서로 몸을 맞댄 상태로 진행하는 여러 동작이 있잖아요. 타인과의 밀접한 교류와 긴장감이 뇌를 계속 쓰게 한다는 여러 연구 결과도 있으니 여러분들은 예술을 통해 어르신들이 서로에게 가까이 다가갈 수 있도록 초대했으면 좋겠어요.

반달은 예술적 접근이 완벽한 치료법이 될 순 없겠지만, 평소에 사용하지 않던 감각과 기억을 다시 꺼낸다는 점에서 중요한 의의가 있다고 말했다. 하나의 그림책을 같이 읽고, 어느 때엔 나만의 그림책을 함께 만들기도 하면서 순간순간 떠오르는 과거의 장면과 기억을 마주하는 것이다. 거칠게 끌어낸 기억이지만, 함께 하는 예술가들의 협업을 통해 미술로, 시로, 또 음악으로 아름다움을 덧붙여 나의 기억을 긍정하는 것. 예술의 힘은 이처럼 나의 오늘과 어제를 긍정하게 하는 것에서 드러난다.

예술이 긍정하는 또 다른 하나는 '나도 쓸모 있는 존재'라는 감각이다. 어르신을 향한 문화 예술적 시도가 경험의 질을 변화시키고, 새로운 커뮤니티를 형성해 사회적 소속감을 높여주는 데 기여한다. 일상의 만족감이 높아지는 만큼 줄어드는 건 우울함이다. 거울 속 내 모습이 어제와 다를 때 찾아오는 '우울함'과 '늙으면 죽어야지'로 대표되는 노년 세대의 거부 반응이 예술을 통한 작은 성취를 맛보며 완화된다.

많은 이가 예술은 언제나 문제를 직접적으로 대면하지 않는다며 비난한다. 하지만 예술의 본질적 가치는 다른 곳에 있을 것이다. 세대를 떠나 누구나 타인에게 애정을 쏟고, 또 되돌려 받으며 나의 존재 이유를 확인받는 것. 예술을 통해 쓸모없는 존재가 되었다는 주관적 판단을 넘어 내면의 성취감을 맛보게 하는 것. 이것이 어르신에게 예술적 시도가 필요한 궁극적 이유이자 우리가 어르신과 함께 하는 것의 의미였다.

어떤 태도로 어르신을 대해야 할까요?

노년 세대를 향한 예술 시도의 필요를 정립한 우리는 '실버문화'를 주제로 활동하는 예술인과 만나 치매 어르신과의 교육 경험을 물었다. '문화'라는 이름으로 숱한 경험을 쌓은 그가 기억하는 어르신은 이제 막 치매 증세가 시작된 74세의 할아버지였다.

저는 맞춤형 실버문화복지 사업에 참여했어요. 18년도부터 어르신과 활동을 했고요. 제가 지금까지 많은 홀몸 어르신을 만났는데, 돌이켜 보니 초기 치매 증상이 아니었나 하는 분들이 있어요. 70대 할아버지가 가장 기억에 남는데, 늘 댁에 찾아뵈면 의자에 앉아 창밖을 바라보는 뒷모습이 가장 먼저 보였어요.

하루는 어르신과 '건강 팔찌 만들기 체험'을 하려고 재료를 준비해서 댁으로 방문했는데 진짜 몇 년 만에 만난 가족처럼 저를 반가워하시더라고요. 그러다가 딱 15분 뒤 '어디서 무당같이 구슬 들고 왔냐'면서 막 화를 내시고, 반가워해 주셨던 것도 잊으신 채 너는 누구냐며 무섭게 다그치시더라고요.

그러다 잠시 후 조금 진정되시고 나니 '우리 마누라에게 예쁜 거 만들어줘서 고맙다'며 다시 저를 칭찬해주시는데 그때 짐작했었죠. 함께 체험했던 할머니도 처음 팔찌를 보고는 좋아하셨지만 두 번째 수업부터는 저를 그다지 반가워하지 않았어요. 사랑하는 사람의 아픈 모습이 누군가에게 보이고 평가받는 것이 민망하니까 할머니도 같이 숨으시더라고요.

　많은 이가 치매를 떠올리면 서서히 '과거의 기억'을 상실해 가는 걸 상상한다. 하지만 치매 당사자의 아픔은 단순한 기억의 상실만이 아니라 모두가 공유하는 규범의 상실에서도, 특정한 상황에 대한 예의의 상실에서도 비롯된다. 갑자기 소리를 지른다거나, 불편하다고 옷을 벗는 등의 행위가 사회인으로서 지켜온 나의 자존감을 깎아 먹는다.

세상에 드러나는 대상자는 치매 증세의 할아버지였지만, 보이지 않는 곳에서 소외감과 외로움을 감당해야 했던 건 가족이다. 과거에 어떤 일을 하셨는지는 모르지만, 매사에 무척 공격적이고 집에 오는 걸 반가워하지 않으셨던 분. 그리고 그와 평생을 함께 살아온 할머니에겐 문화도 예술도 모두 어려운 단어였지만, 그저 우리 집에 다른 사람이 찾아올 수만 있다면 무엇이든 반가운 일이었다.

저희는 보통 한 시간씩 어르신들과 시간을 보내요. 한 시간이라고 해서 같은 교육만 진행되진 않아요. 그 시간 안에서도 기복이 심하거든요. 한 번은 할아버지와 프로그램을 진행했는데 부인분이 저를 무척 좋아하셨어요. 남편이 치매 판정받은 후 밖에 나가도 친구들과 말을 잘 섞질 않는다고 하시더라고요. 제가 가면 그나마 말동무가 된다고 너무 좋아하셨어요. 그리고 할머니도 다시 '자기 자신을 위한 시간'을 갖게 되어 행복하다고 하시더라고요.

프로그램을 진행할 때 제일 어려웠던 점은 아무래도 할아버지였죠. 당신 집에 낯선 사람이 온다는 것 자체가 치매 환자를 넘어 누구에게나 두렵고 어려운 일이잖아요. 그러니 치매 어르신은 오죽했을까요. 할아버지는 갈수록 저를 경계했고, 마지막엔 발길질도 하셔서 그게 조금 두려웠어요. 반가워하다가도 호통을 치시고. 막 경계하시다가 다시 반가워하시고. 두 번째 수업까지만 하고 포기할까 고민도 했거든요. 지적장애 아동과 수업해도 물리고 맞기도 하지만, 치매 어르신은 따스했다가 불현듯 화를 내시니까 감정적으로 맞추기가 어려웠어요. 특히 제가 섣불리 더 들어갔다가 할아버지의 나쁜 추억이나 아킬레스건을 건드리진 않을까 하는 두려움도 있었거든요. 그런데 그런 두려움은 함께 지내시는 할머니도 마찬가지였어요. 할머니도 어떻게 대화를 시작해야 할지 모르겠다고 하시더라고요.

남편과 종일 함께 하지만, 여전히 소외된 느낌을 받는다던 할머니. 약속된 활동 시간 한 시간을 훌쩍 넘어서도 집에 머물렀던 건 낯선 사람과 대화하기를 간절히 원했던 할머니 때문이었다. 가족의 돌발행동에 염려하고 감정적으로 무너지기도 하는 가족들. 내 영역과 내 시간, 내 활동에 집중하지 못하는 시간이 길어지며 정서적으로 메말라가는 가족 역시 치매의 당사자였다.

기억의 집은 치매 가족의 시선에서 온전히 자기 시간을 경험하고 해소할 수 있는 예술 공간이자 누군가에게 나의 힘듦을 이해해주고, 함께 감정을 터트릴 수 있는 문화공간이어야 했다. 무엇보다 이런 시도를 통해 치매 당사자와 가족이 조금 더 가벼운 마음으로 치매라는 터널을 통과할 수 있길, 서로를 포기하지 않고 길게 나아갈 힘이 전해지길 바랐다.

누구를 위한 기획인지가 명확해지면 프로그램의 구체적인 내용도 달라질 것이다. 치매로 기억을 잃어가는 이들만큼 새로운 기억을 쌓아갈 기회를 잃어가는 가족과 만남이 당장 필요했다. 우리가 가장 먼저 갖춰야 할 건 가족의 입장에서 바라보는 태도였다. 단순히 치매 당사자의 상황만이 아닌 그를 걱정하는 가족들의 상황까지 염려하는 열린 태도 말이다.

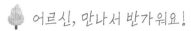 어르신, 만나서 반가워요!

 이제 우리는 치매 어르신을 직접 만나 어르신이 나눠준 기억에 우리의 이야기를 덧댈 수 있는 새로운 접점을 찾기 시작했다. 뜨겁던 8월의 어느 날, 먼저 인터뷰를 위해 찾아간 곳은 시원하게 파도가 치는 청사포 해안가 송지순 어머님(가명) 댁이다. 어머님은 아이들을 키우기 위해 30년 동안 물질만 하셨고 그사이 두 번의 뇌출혈로 경증치매 진단을 받아 매일 약에 의지해 일상에 대한 기억을 유지하고 계시던 분이었다.

 울산이 고향인 어머니는 스물여섯에 결혼하고 내리 30년을 물질만 하셨던 분이다. 결혼하기 전에는 전혀 물질을 해본 경험이 없으셨지만, 타고난 것처럼 물질을 잘하셨다고 한다. 해가 뜨거울 땐 미역 양식장에서 미역을 따고, 때때로 장어 장사도 하며 아이들을 위해 그 모진 노동을 해오신 어머니. 빼곡히 적힌 질문지를 들고 찾아온 우리를 보고 어머니는 한사코 아직 나는 치매가 아니라 하셨지만, 생일이 언제냐는 딸의 물음에 머뭇거리기만 했던 송지순 어머니였다.

바다에 들어가면 바닷속이 어찌 생겼는지 내 훤히 안다 아이가. 어디에 가면 어떤 돌이 있는지 지금도 다 알고 있지. 바닷속에 있으면 내 마음이 편안해. 지금도 바다로 가고 싶다 아이가.

곁에서 살갑게 어머니를 챙기는 딸은 그래도 우리 엄마가 바닷속 풍경은 훤히 알고 계신다며 너스레를 떨듯 말했고, 3시간씩 자며 평생을 바다에서 보낸 어머니는 전복을 한 바구니 잡아 올렸던 삼십 대의 어느 날이 가장 행복한 기억이라고 했다. 순간순간은 고되었지만, 내 힘으로 딸과 아들을 키워냈던 시간들. 뭍에서의 기억은 하나씩 옅어져도 뿌연 바닷속 풍경만은 아직도 훤히 기억한다는 어머니. 그의 기억은 깊은 심연으로 가라앉지 않은 채 강한 부력으로 둥둥 여전히 눈앞에 맴돌고 있었다.

어머니는 수술 이후 처음에는 다른 말을 하지 못했지만, 지금은 가족과 많은 대화를 나눌 정도로 기능이 회복되셨다고 한다. 어눌한

발음이지만, 주변 사람들과 많은 얘기를 나누며 대화가 가능한 수준으로 개선된 것이다. 치매는 이처럼 사고나 다른 질병으로 인해 급작스럽게 찾아오기도 하고, 이후 어떤 경험과 자극에 노출되느냐에 따라 경과 속도가 빨라지거나 더뎌지기도 한다. 우리는 청사포에 계신 송지순 어머님을 더 자주 찾아뵈기로 했다. 다음에는 어머니가 물질했던 곳도 함께 둘러보고, 어머니가 지닌 옛 사진도 함께 살피며 바다가 아닌 뭍에서의 기억도 함께 더듬어갈 것이다. 어머니의 지난 기억을 찾아가는 것도 필요하지만, 오늘처럼 우리와의 새로운 기억을 쌓아가는 것 역시 중요하기 때문이다.

청사포에서 이야기를 마친 우리는 이제 72세의 아내와 함께 고령의 노모를 모시는 80세의 할아버지 댁으로 향했다. 고령의 치매 어르신을 모시는 고령의 부부. 주간 보호센터의 적절한 지원을 받기 어려운 상황에 놓인 할아버지는 이미 충분히 많은 연세였지만, 직접 노모의 하루를 살피고 있었다. 국가와 행정의 느슨한 빈틈으로 보호를 받아야 할 이들이 다시 누군가를 직접 보호해야만 하는 아이러니한 상황. 치매는 자식들의 나이가 여든이 넘어가는 순간에도 오롯이 가족의 책임일 뿐이었다.

늘 바닥에 분변이 다 깔려 있죠. 그리고 당신 나름대로 씻는다고 하시면서 수건으로 닦으셔요.. 그럼 수건에도 다 묻어서 여기저기 놓여

있죠. 지금은 받지 못하지만, 작년까진 기저귀도 받았어요. 물론 어머님이 그걸 쓰고 싶어하시진 않으시죠. 어머님은 밤인지 낮인지도 구별하기 어려워하시니까요.

이미 중증 치매 단계에 진입하신 할머니. 주변에선 그만 애쓰고 요양병원으로 어머니를 모시라는 이야기를 하지만, 요양병원의 환경이 어머님에게 새로운 자극을 줄 수 없기에 80세의 아들은 오늘도 망설이고 또 망설이고 있었다. 조금의 자극도 없는 세상에서는 남아있는 감각마저 서둘러 희미해지고 만다. 요양병원 이후의 상황을 알기에 아들에겐 무엇도 선택할 용기가 없었고, 그런 선택을 강요할 여유도 아내에겐 없었다.

그러니까 한 3년 전만 해도 시골에 살던 친구들 이름을 하나씩 말씀하시면서 누가 재미있었는데, 누가 장독대를 깼는데 하시면서 옛날 이야기를 많이 하셨어요. 그런데 지금은 전혀 기억이 없으시죠. 주무시다 일어나면 애들 집에 들어왔냐고 물어봐요. 우리 막내가 지금 마흔하나인데 말이죠. 아마도 아이들이 어릴 때 어머니와 같이 생활해서 그런 것 같아요.

내가 누군가의 보호자였던 순간을, 누군가에게 의미 있는 존재였던 순간을 기억하는 것. 우리의 작업으로 이미 흐려진 기억의 회생은 어렵겠지만, 이처럼 의미 있던 순간의 감정만큼은 재생시킬 수 있을 것이다. 누군가를 알아보고, 특정한 사건을 기억하는 것이 아니라 내가 가장 나다웠던 순간을 가족과 함께 재현해내는 것이다.

어머니가 아주 소중히 생각하는 요강이 있어요. 전라북도 고창에서 시집올 때 가지고 온 건데요, 사용한 지가 지금 한 4, 5년 되었는데 지금도 소중하게 바라보세요. 시집올 때 가지고 왔다는 것도 지금은 기억하지 못하시지만, 그 요강은 절대 없애면 안 되거든요.. 어머니가 늘 찾아요.

　　과거로의 회귀가 아닌, 과거와의 부드러운 만남. 우린 이제 그 요강에 담긴 이야기를 더 듣기 위해 노령의 부부와도 지속적인 기억을 쌓아가기로 했다. 이처럼 조금씩 구체화 되는 '기억의 집' 안에는 내러티브, 이야기가 담기고 있다. 특정한 이들의 이야기를 모태로 새로운 모형을 만들어가는 것이다.
　　예술을 경험하게 하는 예술가의 역할이 무엇일까. 예술가의 역할은 결국 조력자일 뿐이다. 특정한 이들의 이야기에 집중해 새로운 예술 경험을 만들고, 이 경험에서부터 새로운 이론 영역이 시작하도록 초대하는 것. 우리는 이제 이들의 이야기로부터 감성적이면서도 관념적인 새로운 이론 모형을 다듬으려 한다.

너무 어려워요... 우리가 할 수 있을까요?

 그런데 정말 우리가 기한 내에 준비하고 실행할 수 있을까요?

전현미

 저도 고민이 있어요. 공간을 미리 구해야 할 것 같은데 우리가 한 구역 안에서 이루어져야지 시너지가 나지 않을까 해요. 각자 어떤 공간에서 어떻게 풀어낼지 정해지지 않아 더 갈피를 잡지 못하고 있어요. 다른 대표님들의 의견이 궁금하기도 한데 4개의 프

이지숙

로젝트를 한 공간에서 모여서 보여줄 것인지. 아니면 그것과 상관없이 진행할 것인지 의견을 듣고 싶어요.

왕덕경

한 공간에 4개의 프로젝트가 들어와도 각자의 고유한 톤이 있으니까요. 색깔이 겹치진 않을 것 같은데요? 다만 체험자 한 명이 4개를 순차적으로 다 가진 않을 거 같아요. 당연히 한군데만 왔다 갈 수도 있고요. 그래서 꼭 모여 있는 게 의미가 있을지 고민해보면 좋겠어요.

기억의 집 실행을 앞두고 가장 마지막까지 고민했던 건 공간이었다. 시간과 공간이 하나의 연결성을 가질 때만이 흐름은 이야기가 되고 이야기에서 새로운 퍼포먼스와 예술이 시작될 수 있기에 공간은 무엇보다도 중요했다.

우리의 고민은 서로 다른 시도가 이어질 공간을 하나의 이야기로 엮어내는 방법이었다. 주제는 '치매 어르신의 삶과 기억'을 다룬다는 공통된 테마가 있지만, 서로 다른 장르가 펼쳐낼 이질적이고 개별적인 서사들의 연결성이 가장 큰 고민이었다.

다양한 아이디어가 꺼내지다 '기억의 집'이라는 프로젝트 이름에 맞춰 골목을 하나의 기억의 거리로, 공간을 확장해 기억의 집이 연이어 이어지는 새로운 골목의 재현을 시도해보자는 아이디어도 떠올

랐다. 체험보다는 경험 그 자체에 몰입할 수 있는 구조만이 스스로의
즐거움을 찾을 수 있으니까 말이다.

전현미

전현미: 좋아요! 저도 '거리'라는 개념이 진짜 좋은
것 같아요. 소리가 나는 곳으로 갈 수도 있고 잠시
멈출 수도 있고요. 추억의 장소를 만든다면 딱히 어
느 한 주제에 국한되지 않는 우리만의 '기억의 거리'
가 형성될 것 같아요. 저는 무엇보다 걷는 것 자체
가 기억에 있어 하나의 중요한 부분이라고 생각해
요. 골목 내 공가를 활용하거나 골목의 장소와 공간 개념을 동시에
써보는 거죠.

전현미 선생님은 '야외', '거리'라는 개념이 나오자 이제야 구체
적으로 그려진다는 듯 다이어리에 빼곡히 당신만의 이야기를 채워가
기 시작했다. 가벼운 얼굴로 펜을 돌리는 그와는 달리 다섯 명의 예술
인들은 여전히 어두운 낯빛이다. 오랜 학습의 시간을 가지며 호기롭
게 해낼 수 있다고 말했지만, 구체적인 고민을 시작하며 정말 이것이
가능할지 겁이 나기 시작한 것이다.

프로젝트의 본질이 분명해질수록 고민은 깊어졌다. 이젠 예전
처럼 하나의 조형물에 들어가 관람하듯 순간에 지나가는 형태면 충분
하지 않았다. 이 장소, 이 공간에 들어오는 순간부터 내가 치매라는

감각을 내려놓고 당사자도 가족도 보호자도 기쁘게 기억 속 순간을 안전하게 헤맬 수 있는 곳. 과거의 기억과 다시 연결되며 남은 삶에 대한 정서적 질이 개선되고 두렵던 미래로부터 작은 해방감을 제공하는 공간이 우리의 미션이었다.

김종희

너무 긴장하지 마요. 함께 열심히 학습하고 준비하더라도 부족한 면은 있기 마련이니까요. 완벽한 프로그램이 아니더라도 이렇게 많은 사람과 한번 실행해보고 경험해보는 중요한 거죠. 함께 공간을 합쳐보는 것도 열어놓고 생각해보고, 모두 분리해서 자유롭게 진행해보는 것도 고민해봐요. 첫 시도이니 완벽한 결과를 만들기보다는 더 많은 경험을 남길 수 있는 실험이 무엇일지 의견을 나눠보면 좋지 않을까요?

예술가로서 문화를 통해, '치매 친화적인 사회'를 위해 어떤 고민을 남길 수 있을까. 아직 다양한 사례가 정립되지 않은 영역일수록 완벽한 프로그램이란 결과보다는 완연히 치매 당사자의 입장에 젖어드는 과정이 더 소중했다.

완벽한 프로그램이 아닌 완전한 녹아듦. 어쩌면 공간과 장르로 구분된 기억의 집들을 이어주는 건 매끈한 기획이 아닌 치매 어르신과 가족, 요양보호사란 존재일 수 있다. 분명 치매 어르신이 함께한

결과물이라면 그들을 통해 결코 훼손되지 않을 일관성이 수립될 것이다. 이제 기획에 의지하기보단 공간을 찾아올 치매 어르신과 가족, 함께 만나왔던 이웃이란 존재를 깊이 믿어야 한다. 네 개의 예술 장르를 따라 만들어질 기억의 집은 기쁘게 찾아올 이용자들로 인해 분명한 '하나의 기억의 집'으로 완성될 것이기 때문이다.

공간에 대한 개념과 예술의 사회적 역할을 나누고 나니 예술가들은 한참 동안 말이 없었다. 각자의 머릿속에서 집을 짓고, 허물고, 짓고 또 허무는 소리가 들린다. 아무도 찾지 않는 치매 가족의 집이 아닌, 서로의 기억과 추억을 나누며 살가운 교류가 오가는 기억의 집을 만들기 위해 고심하고 또 고심한다. 이들이 그리는 집의 형태는 무엇이며 누구를 초대하고 어떻게 맞이할까. 치매 어르신이 보내는 일상과 감정, 가족의 시선은 어떻게 표현할 수 있을까.

치매는 예술로 치료될 수 있는 질병이 아니기에 우리의 목적을 더욱 분명히 해야 했다. 우리의 목적은 치료보단 치유에 있었다. 타인에게 온전히 기댈 수밖에 없는 치매 당사자와 보호자 사이에서 예술 접근으로 '정서적 교감'과 '치유의 기회'를 새롭게 제공하는 것이 우리의 분명한 목적이었다. 나의 기억을 다시 마주하고, 나를 기억하는 이들과 정겨운 대화를 나눈다면, 지난 오해와 상처를 다시 보듬는 기회를 얻을 수 있을 것이다.

각자의 기억을 마주하기 위해 해결해야 할 건 '공간'이었다. 지난 순간을 되새겨서 삶을 긍정하고 스스로 통과한 시간에 다시 의미를 부여하는 작업은 내가 머물고, 사용했던 모든 흔적이 남아 있는 공간을 통해서만 가능하다.

하지만 공간은 보존되지 않는다. 오늘날 모두 같은 모양의 침대에서 눈을 뜨고 같은 구조의 공간에서 하루를 시작한다. 트렌디함을 필두로 세련되게 닮아가는 세상이기 때문이다. 천편일률적이고 개성 없는 사회에서 남과 다르지 않음에 안도하는 우리는 비슷한 공간에서 새로운 기억의 축적도, 지난 기억에 대한 회생도 보조받지 못한다.

공간을 점유한 자본은 삶을 거칠게 몰아붙이고 우리의 기억마저 단순화시킨다. 더는 주변의 환경이 우리의 기억을 보조하지 못하는 것이다. 그렇기에 우리의 작업은 '기억에 대한 접근'이면서 '공간을 향한 도전'이기도 했다. 모든 것이 재빠르게 사라지는 도시 속에서 한 존재에 대한 기억을 탐구하고 개인의 공간성을 보존하려는 노력이, 이 프로젝트의 궁극적인 과제인 셈이다.

치매의 공포는 '사라지는 기억을 내가 선택할 수 없다는 점'에서 기인하지만, 예술이 그 관점을 전환할 수 있을 것이다. 직접 향기를 맡고, 두 귀로 세상을 감각할 '기억의 집'의 4주가 외면받던 치매 어르신의 삶을 예술로 엮어 돌봄 노동 속에서 발생하는 감정소진, 사랑하는 사람과 즐거운 경험을 남기려고 하는 원초적인 욕구, 어떤 삶을 살

앞고, 그래서 앞으로 어떻게 기억될지를 제시한다. 이건 척박한 땅에 씨앗을 뿌리는 것과 같다. 과실이라는 성과를 내기 위해 부드러운 손으로 억센 풀을 뽑고, 고운 흙 곳곳에 수분이 머금어질 수 있도록 물길을 내는 작업과 동일하다.

치매 어르신을 초대할 네 곳의 '기억의 집'이 우리 시대가 가지고 있는 결핍을 드러낼 것이다. 여러 시행착오를 경험하고 하나씩 보완해 언제나 여린 뿌리를 내릴 수 있도록 이론적 체계를 모형화하는 것에서 예술이 지닌 사회적 역할이 바로 드러날 것이다. 치매와 보호의 과정마저 예술일 수 있음을 알려주는 관점의 전환, 기억의 집을 통해 우리가 해내야만 하는 일이다.

치매와 사회적 관계망 – 치매 환자의 실종 이슈

　　이제 어르신 10명 중 1명은 치매 노인이라는 통계가 발표된다. 우리 사회는 아직 어르신을 맞이할 준비가 되지 않았지만, 상황은 더욱더 빠르게 악화되고 있는 것이다. 늘어난 치매 어르신의 숫자만큼 실종신고의 수도 늘어난다. 2021년 경찰에 접수된 치매 노인 실종신고는 1만 2천여 건에 이른다. 한 해에만 1만 명이 넘는 치매 환자들이 실종되고, 그 몇 배의 사람들이 어르신을 찾기 위해 발을 동동 구르고 전단지를 만들어 뛰어다니고 있다. 실종경보 문자가 빠르게 적용되고 있다 하더라도 매년 100여 명 정도의 어르신은 안타깝게도 집으로 돌아오지 못한 채 밖에서 헤매다 숨진 채 발견되기도 한다.

　　점점 삶을 유지하는 비용이 커져 모두가 밥벌이에 나서니 치매 어르신도 혼자 집에 머무는 시간이 길어진다. 어르신들이 실종되는 시간대는 대체로 오후 6시에서 12시 사이이다. 해가 질 때쯤 익숙지 않은 지금의 공간을 떠나 내 기억에 깃든 옛집으로 길을 나서는 것이다. 이를 '일몰 증후군' 혹은 '석양 증후군'이라 부른다. 치매 어르신이 길을 잃는 이유는 대체로 '가장 가까운 기억'부터 잃기 때문이다. 당장 눈앞에 있는 집이 어색해지고, 내 기억 속 편안함을 주었던 과거의 집으로 향한다.

치매 어르신은 스스로 배회 사실을 인지하지 못한다. 기억이 또렷하진 않지만, 분명한 목적지가 있기 때문에 길을 잃을지언정 배회는 아니다. 그래서 더욱 치매 어르신을 향한 주변의 관심과 관찰이 필요하다. 계절에 맞지 않는 옷을 입고 거리를 거닐거나, 홀로 동네 밖까지 걸어가는 어르신을 본다면 바로 119, 112에 신고할 필요가 있다.

실종 이슈가 커지며 다양한 대응책도 검토되고 있다. 어르신의 신속한 발견을 위해 가장 먼저 해야 할 것은 '어르신 인식표'다. 이 인식표에는 당사자의 이름과 주소, 보호 가족의 연락처를 코드화한 고유번호가 적혀있는데 가까운 보건소나 치매 지원센터에 신청하면 무료로 받을 수 있다.

다음은 '지문 사전등록제'이다. 이는 경찰 신고 이후 신속하게 실종자를 찾을 수 있도록 미리 정보를 등록해두는 제도이다. 마지막은 '위치추적장치가 담긴 배회감지기'인데 치매 어르신이 안심 지역을 벗어나면 보호 가족에게 알림서비스가 제공된다. '치매 체크'라는 어플리케이션으로 보호 가족이 일상을 유지하며 어르신도 체크할 수 있다고 하니 기술발전을 통해 막막했던 상황도 조금씩 개선되어가는 중이다.

그리고 제도개선을 통해 길 잃는 어르신을 보호하기 위한 치매안심센터가 만들어지고 있다. 치매안심센터에서는 치매 예방, 조기진단, 보건·복지 자원 연계와 교육까지 진행하는 '치매에 관한 통합서비스'를 제공한다. 치매 환자와 보호 가족의 삶의 질 향상에 기여하기 위해 사업을 운영하며 치매 조기 검진사업, 상담 및 등록관리사업, 치매 가족지원사업, 치매 환자와 가족을 위한 쉼터 운영, 성년후견제 이용지원('성년후견제도'는 장애·질병·노령 등으로 인해 사무처리 능력에 도움이 필요한 성인에게 가정법원의 결정 또는 후견 계약으로 선임된 후견인이 재산관리 및 일상생활에 관한 폭넓은 보호와 지원을 제공하기 위한 제도), 치매 인식개선 및 홍보사업 등을 진행하고 있다.

하지만 치매국가책임제를 선포하며 전국 총 256개 치매안심센터를 설치하여도, 아직 전문인력이 골고루 배치되지 않아 균질한 서비스를 제공받긴 어렵다. 이 빈틈 역시 점진적으로 개선되겠지만, 당장 위험에 처한 어르신을 보호할 책임은 가까운 이웃인 우리에게 있다. 가장 효과적인 방법은 어르신이 실종되지 않도록 관계 속에 함께 머무는 것으로 시작해야 한다. 서로서로 돌보고, 가까이에서 챙기는 사회적 관계가 형성될 수 있다면 실종이라는 이탈사건은 분명 줄어들 것이다. 치매에 관한 여러 사회관계망 데이터를 살피면 사회관계망이 좋은 사람들의 경우 치매 위험이 70% 정도 낮다고 한다. 정서를 공유하는 상대방의 존재가 치매 위험을 근원적으로 낮출 수 있는 것이다. 어쩌면 치매 어르신에게 사회적 관계망을 다시 제공하려는 노력만이 실종 위험을 근원적으로 해결하고 지지감과 안정감을 부여해 긍정적인 영향을 미칠 수 있는 유일한 해법일지도 모른다.

치매안심센터 웹사이트 https://ansim.nid.or.kr/main/main.aspx

Chapter 4. 기억의 집에 당신을 초대합니다

4월 첫 모임 이후, 함께 학습해왔던 시간은 끝났다.

지금부턴 구체적인 상을 함께 그려야 할 때.

음악, 연극, 공간, 전시. 각자의 분야가 지닌 고유한 색채에 맞춰 지어낸

저마다의 기억의 집으로 당신을 초대한다.

첫 번째 기억의 집

슬로우 고고

골목과 하천을 걷는 것으로 시작해보면 어떨까요?

사상구의 어느 낯선 주택가. 지도 어플리케이션이 안내해주는 대로 골목골목을 헤매다 어두운 굴다리를 지나니 거짓말처럼 푸른 나무가 가득한 나무집이 나왔다. 기억의 집 첫 번째 공간인 '세이브 트리'. 독특한 이름답게 세이브 트리는 푸르른 식물로 가득했다. 계단도, 손잡이도 모두 자연 그대로의 생김새를 활용한 공간이다.

첫 번째 기억의 집을 찾은 어르신들도 어릴 적 기억과 비슷한 풍경에 신기한 눈빛으로 정원 이곳저곳을 바라본다. 오늘 세이브트리를 찾은 세 분의 치매 어르신은 코스모스 모양의 자수 스웨터를 입은 할머니와 쑥쑥한 얼굴의 두 할아버지다. 차가운 시멘트벽으로 둘러싸인 주간 보호센터에만 계시다 살랑이는 바람과 나뭇잎 소리에 상기된 표정으로 두리번거리는 어르신들이다. 마을에 손님이 도착했다는 소식이 퍼지자 마을 이장이 어르신을 환대하고자 헐레벌떡 달려온다.

"안녕하십니까. 이 마을의 이장 백부현입니다. 이렇게 뵙게 되어서 너무 반갑고요. 제 부모님은 두 분 다 돌아가셨는데 오늘 이렇게 저희 마을에서 어머니 아버지를 뵈니 마음이 몽글하니 막 그렇네요. 오늘 여하튼 함께 즐거운 시간 보내봅시다. 어르신들과 함께 기억의 길을 걸어갈 우리 동무들 소개할게요."

이장님의 소개로 '슬로우 고고'를 준비한 전현미 대표, 어르신을 살갑게 챙기는 자연, 기타와 하모니카를 메고 즐거운 노래를 부를 태현님이 인사를 나눈다. 소개받은 어르신들도 내가 누구이고, 어디서 왔는지 소개한다. 쑥스러움을 많이 타지만 춤추는 걸 좋아하는 판돌 할아버지가, 우리 집 마당에도 감나무가 있었다며 마른 가지를 손에 쥔 이단 할머니가, 한 번도 연애한 적 없이 바쁘게 일만 하며 살았다는 이남 할아버지가 나와 눈을 마주친다.

첫 번째 기억의 집 테마는 '천천히 걷기'. 구덕천 상류로 나가 봄, 여름, 가을, 겨울 네 가지 테마로 나눠진 길을 걸으며 서로의 기억을 음악에 빗대 꺼낸다. 물이 흐르는 냇가를 따라 돌며 아름다운 노랫말과 멜로디를 나누고, 감각을 통해 지난 기억과 천천히 만나는 것이다.

어르신들은 산책에 앞서 한 가지씩의 악기를 골랐다. 캐스터네츠를 든 이단 할머니, 쉐이크를 든 판돌 할아버지와 이남 할아버지다. 두드려도 되고 긁어도 되는 악기들. 어떤 방향으로 두드려도 저마다의 음색을 내는 악기들을 들고 오케스트라처럼 합주를 시작했다. 함께 걸으며, 두 발로 천천히 박자를 맞추며 모두가 예술가가 되어보는 경험으로 나아간다.

"자! 걷기 전에 파이팅하고 갈까요? 제가 슬로우라고 외치면 모두 고고라고 외쳐볼게요. 슬로우!"
"고고!"

기타와 멜로디언이 선두에서 잔잔히 〈고향의 봄〉을 연주하고, 우린 저마다 손에 있는 악기로 멜로디에 호응하며 뒤따라 걷는다.

나의 살던 고향은 꽃피는 산골
복숭아꽃 살구꽃 아기 진달래

울긋불긋 꽃 대궐 차리인 동네

그 속에서 놀던 때가 그립습니다

꽃동네 새 동네 나의 옛고향

파란들 남쪽에서 바람이 불면

냇가에 수양버들 춤추는 동네

그 속에서 놀던 때가 그립습니다

그 속에서 놀던 때가 그립습니다

    거동이 불편했던 이단 할머니는 복지사의 부축을 받으면서도 캐스터네츠로 모든 박자를 따라 맞추며 노래를 흥얼거렸다. 음악과 함께 걷는 어르신들은 동네 이웃과 강아지들의 재미난 구경거리다. 사람들은 차를 멈추고 바라보고, 동네 강아지도 신이 난 듯 꼬리를 흔들고 멍멍 짖으며 이들을 쫓아온다. 우리는 구덕천 상류, 커다란 바위와 큰 버드나무가 있는 곳에 이르렀다. 발갛게 물들기 시작한 버드나무 아래로 진한 색의 낙엽이 깔려 있고, 평상에 마주 앉은 현미, 자연, 태현은 본격적으로 슬로우 고고의 시작을 알리는 음악을 시작한다.

운다고 옛사랑이 오리요만은

눈물로 달래보는 구슬픈 이 밤

고요히 창을 열고 별빛을 보면

그 누가 불어주나 휘파람 소리

아코디언의 구슬픈 멜로디와 함께 공연이 시작되고, 어르신들은 박자가 깨질까 나지막이 노랫말을 따라 부르며 낮은 박수로 호응한다. 정확한 박자로 뒤섞이지 않지만, 마치 재즈처럼 각자가 음악을 리드하며 몰입했다. 하나의 음악이 끝나고 터져 나오는 박수 소리와 그들 옆으로 흘러가는 구덕천의 물소리가 화음처럼 어우러져 이 순간을 풍성하게 만들었다. 바람을 불어 음악이 나오는 아코디언처럼 예술인들이 불어넣은 숨은 음악이 되고, 어르신들의 끄덕임은 박자가 되었다.

이들은 지금 음악과 함께 걷고 있다.

"우리 할머니 할아버지 이제 다시 소풍을 가볼까요? 다리를 건너서 소풍을 한번 떠나볼 거예요. 다들 조심해서 돌다리부터 건너볼게요!"

삼삼오오 모여 구덕천을 가르는 짧은 돌다리를 함께 건넌다. 걸음이 불편했던 할머니는 이장님 등에 업혀 천천히 돌다리를 건너고, 그 뒤를 할아버지와 예술가들이 뒤따랐다. 무엇이 그렇게 신이 났는지 동네 강아지도 폴짝폴짝 뒤따라 뛰어가는 풍경이다. 혼자라면 엄두도 내지 않았을 돌다리 위로 치매 어르신과 복지사 동네 이웃이 함께 걸음을 내딛는다. 마지막 사람까지 짧은 돌다리를 건너자 빠른 템

포의 〈노란 샤쓰의 사나이〉가 연주되었다.

"여러분! 이제 봄으로 들어왔어요!"

노란 샤쓰 입은

말 없는 그 사람이

어쩐지 나는 좋아

어쩐지 맘에 들어

미남은 아니지만

씩씩한 생김생김

그이가 나는 좋아

어쩐지 맘이 떨려

이들은 개울을 넘어 봄으로 들어섰다. 할아버지와 할머니는 낮은 평상에 걸터앉아 기타의 흥겨운 반주에 맞춰 손뼉을 치고 노래를 불렀다. 처음과 달리 조금씩 커지는 노랫소리. 따라부르자는 초대로 어르신들의 입이 열리니, 굳어있던 표정과 마음도 하나둘 열리기 시작한다.

기타 반주에 맞춰 점점 커지는 노랫소리에 동네 주민들도 하나둘 모이기 시작했다. 타인의 시선을 부담스러워할 줄 알았던 어르신들은 오히려 처음 보는 이들에게 반갑게 손을 흔들며 미소를 건넸고,

작은 평상은 모두가 함께 어우러지는 공연장으로 변해갔다.

노래는 우리를 같은 시간에 머물게 했다. 마치 악기의 음계를 조율하듯 다른 기억을 가진 우리를 같은 시간, 같은 공간의 정서로 가닿을 수 있게 조율했다. 어르신들은 신이 났는지 점점 박자를 잊어갔다. 바로 옆에서 졸졸 흐르는 구덕천의 물소리가 아니었다면 제멋대로 치는 박자로 멜로디는 둥둥 떠다니고 말았을 것이다. 한바탕 신나게 이어지는 연주는 다음 곡 김세환의 〈길가에 앉아서〉로 향했다.

가방을 둘러맨 그 어깨가 아름다워
옆모습 보면서 정신없이 걷는데
활짝 핀 웃음이 내 발걸음 가벼웁게
온종일 걸어 다녀도 즐겁기만 하네
길가에 앉아서 얼굴 마주 보며
지나가는 사람들 우릴 쳐다보네

흥겨운 리듬의 고고주법에 결국 참지 못하고 할머니가 일어나 춤을 추었다. 할머니가 벌떡 일어나 손을 흔드니, 두 할아버지도 마지못해 온몸으로 음악을 즐겼다. 그렇게 신나게 춤을 추는데 어디선가 들려오는 천둥소리와 빗소리.
"비가 오고 있어요! 모두 다리 밑으로 들어가요!" 점점 크게 들려오는 빗소리에 모두 허둥지둥 다리 밑으로 들어갔다. 어두운 다리 아래에서는 작은 스크린으로 흑백영화가 펼쳐지고 있었다. 다리 밑에서 들려오는 빗소리와 어둡고 습한 냄새가 어느 장마철, 꿉꿉한 공기 냄새를 그대로 전해주었다. 그리고 흘러나오는 그 시절 어르신들의 영화. 자신의 청춘과 추억이 그대로 녹아 있는 영화의 장면이 변할 때마다 어르신들은 눈을 떼지 않고 집중했다. 그들은 흑백영화에 담긴 원로 배우의 젊음을 바라보며 무슨 생각에 잠겼는지 내내 아무런 말도 하지 않았다.

짧은 영화와 함께 우리의 여름도 끝이 났다. 전현미 대표는 어르신의 머리 위로 하나씩 꽃 화관을 씌워드리며 갈대가 핀 개울가 하류로 내려가도록 안내했다. 시간의 흐름을 반영하듯 멜로디는 느려졌고 물가 곁으로 어르신들의 어린 시절 사진이 하나씩 인화되어 걸려 있다. 천천히 개울을 따라 걷던 어르신은 자신의 옛 사진을 보고 옆 사람을 멈춰 세워 순간의 이야기들을 꺼냈다. 지금 아니면 잊어버린다는 듯 가까운 사람을 붙잡고 한참을 이야기하고 또 하셨다.

여기선 그 어떤 가사도 흘러나오지 않았다. 주변의 소음을 가려줄 잔잔한 기타 멜로디만 연주될 뿐, 자신의 시간을 되찾을 수 있도록 멜로디에도 여백을 두었다. 어르신들은 순례길 위를 걸어가듯 걸음마다 기쁨에 찬 얼굴로 이야기를 생산했다. 신나게 꺼내는 지난 기억의 목소리가 이미 충분한 노랫말이자 음악이었다.

거리에 나와 함께 노래 부르던 이웃들도 고요히 어르신들의 걸음을 지켜보았다. 그때 멀리서 옅은 풍금의 소리가 들려왔다. 흑백사진의 끝, 흰 천이 흩날리는 구덕천의 마지막 계단이다. 봄부터 시작해 겨울까지 통과한 걸음. 시원하게 부는 바람을 등진 채 예술가들 모두 어르신을 향한 환호의 박수를 보냈다. 침묵의 가을을 지내고 인생의 황혼기까지 버텨온 이들을 향한 존경의 박수다.

얼어붙은 달그림자 물결 위에 자고
한겨울의 거센 파도 모으는 작은 섬
생각하라 저 등대를 지키는 사람의
거룩하고 아름다운 사랑의 마음을

마지막 곡은 〈등대지기〉. 하모니카로 시작하는 등대지기 멜로디에 어르신과 동네 주민이 모두 하나의 목소리가 되어 따라 부른다. 오랜 걸음이 지치셨는지 아니면 지난 기억을 복기하는지 어르신들은 흘러가기만 하는 구덕천의 물을 말 없이 바라보았다. 행여 머리에 쓴 화관이 떨어질세라 화관을 바로잡는 판돌 할아버지, 흘러가는 물만을 바라보는 이단 할머니, 노곤함으로 꾸벅꾸벅 의자에 앉아 조는 이남 할아버지, 신나게 쫓아왔던 강아지도 할아버지의 발 곁에서 웅크리고 눈을 감는다.

멀리서 노심초사하며 쫓아오던 사회복지사도 지금은 차분히,

어르신이 각자의 호흡으로 지난 기억을 정리할 수 있도록 바라보고 있다. 타인의 고요를 방해하지 않으려 모두가 애쓰는 시간. 세 분의 치매 어르신이 자신의 기억과 깊이 연결될 수 있도록 마지막 계절에선 아무도 앞서 말을 건네지 않았다.

개울가의 끝, 마지막 계단에서 우리는 처음으로 되돌아갔다. 마치 도돌이표를 따라 악보의 시작으로 회귀하듯 우리는 일상과 연결된 첫 번째 기억의 집 세이브트리로 되돌아갔다. 강아지는 이번엔 자기가 안내하겠다는 듯 신나게 짖으며 앞서 달려갔다. 다시 돌아온 '기억의 집'에서 어르신들은 처음에 받았던 감나무 나뭇가지와 함께 따뜻한 군고구마를 받았다. 다음 사계절을 맞이할 어르신을 향한 예술가들의 따뜻한 선물이다. 슬로우 고고. 더뎠지만 앞으로 또 앞으로 천천히 나아갔던 두 시간, 어느 가을 오후에 시작한 산책을 이제 마칠 시간이다.

굴다리 아래에서 흰색 차량이 도착했다. 치매 보호센터로 돌아가야 할 시간이다. 차에 오르기 전 세 분의 어르신은 우리 모두와 악수를 했다. 고맙다는 말보다 즐거웠다는 말을 더 많이 해주시는 어르신. 이단 할머니는 내 눈을 오래 바라보며 새해 복 많이 받으라는 말을 해주셨다. 마치 친구에게 말하듯 별 탈 없이 곧 만나자는 투로, 새해에 맞춰 보지는 못하겠지만 미리 복 많이 받으라는 말을 웃으며 반복하셨다.

나는 할머니에게 아무 말을 하지 않았다. 잘 지내시라는 말도, 또 뵙겠다는 약속도 하지 못했다. 그저 밝게 웃으며 두 손만 흔들 뿐이다. 어르신과 예술가들이 모두 떠나고 나는 고요한 구덕천에 홀로 찾아 개울가 옆길을 다시 걸었다. 40분 넘게 이어진 길을 혼자 걸으니 10분이 채 걸리지 않았다.

우리의 동행이 각자에게 무엇을 남길 수 있었을까. 서로의 시공간에 들어가 함께 웃고 울며 훌쩍이던 경험은 각자에게 무엇을 남겼을까. 누군가에게 길을 안내하며 걷는 경험은 내게도 강렬한 체험이었다. 나의 속도가 아니라 상대의 속도에 맞춰 천천히 걷는 경험은 상대방의 가쁜 호흡과 시선까지 느낄 수 있는 색다른 시간이었다.

누구나 내 것이라고 느끼는 노래가 하나쯤은 있다. 저마다의 사연과 풍경이 덧대져 오직 나만의 의미가 담긴 특별한 노래 말이다. 한국전쟁을 겪고 고향을 떠났던 이들에게는 〈돌아와요 부산항에〉가 그리움이 사무친 노래가 되고, 엄혹했던 시기 속 정의를 꿈꿨던 이들에게는 〈아침이슬〉이 피 끓는 혈기를 되찾게 하는 노래인 것처럼 지극히 보편적이면서도 또 지극히 개인적인 것이 음악이다.

개울가의 향기를 맡으며 함께 걷고 노래 불렀던 경험은 어르신의 어떤 기억과 마주쳤을까. 어르신들 역시 눈과 귀로 되찾은 기억으로 오늘 밤, 가족들에게 꺼내 놓을 또 하나의 이야기가 만들어지진 않았을까. 우리는 익숙한 그 시절의 음악을 매개로 지난 세월을 환기하고, 천천히 감각할 수 있길 원했다. 그렇게 가족들과 함께 담소를 나누고 천천히 추억을 공감하는 장소가 이곳이 되길 희망했다.

어딘가에서 물소리가 들릴 때, 어딘가에서 버들치라는 물고기 얘기를 들을 때 혹은 어딘가에서 〈노란 샤스의 사나이〉와 빗소리가 전해질 때면 나는 어르신들과 걸었던 어느 가을, 구덕천의 시간을 기억할 것이다. 홀로 걷는 텅 빈 개울가는 냉랭하고 서늘했지만, 도돌이표를 따라 언제든 돌아갈 기억이 있기에 앞으로 남은 걸음은 조금도 외롭지 않았다.

슬로우 고고, 느리지만 이렇게 우리는 앞으로 나아갈 것이다.

[behind]
슬로우 고고, 느리지만 앞으로 또 앞으로

기억의 집 첫 번째 프로젝트명은 '슬로우 고고'다. 느리지만 앞으로 계속 나아가겠다는 지향이며, 음악의 분위기를 좌우하는 예술용 어이기도 하다. 이곳에서 치매 어르신들은 가족과 함께 개울가를 걸으며 포인트마다 익숙한 경험과 연결되고, 추억 속 음악과 마주했다.

이 짧은 무대의 주인공은 함께 산책하는 '길 위의 모두'다. 프로그램에 신청한 가족과 음악 소리에 이끌려 온 동네 주민들, 하릴없이 개울가에 나와 앉아 있는 어르신까지 모두 길 위의 동무가 되어 함께 걸었다. 고요한 오후를 깨우는 요란한 음악은 치매 진단 이후 단절되었던 이웃과 새로운 연결과 유대를 시도하는 작업이기도 했다.

전현미 대표는 음악과 함께 하는 첫 번째 기억의 집으로 부산

사상구에 있는 '세이브 트리'를 정했다. 세이브 트리는 다양한 요소가 숨어있는 공간이었다. 외지 사람은 알지 못할 작은 굴다리를 지나면 불현듯 신비스러운 장소가 나타나고, 오랜 기억이 담긴 소소한 물건이 가득한 동화 속 공간이 인사한다. 시간이 멈춘 듯한 작은 나무 그네와 들풀로 엮어진 계단들. 시간의 중력이 조금도 작용하지 않은 듯 과거의 모습 그대로, 자연과 벗 삼아 살아가던 옛 모습 그대로의 공간이었다.

세이브 트리에서 구덕천까지 이어지는 기억은 한 장소에 머물지 않고 골목 끝 나무로, 여울이 남긴 자갈로, 물길을 가르는 징검다리로 이어졌다. 적갈색 풍금에서 흘러나오는 멜로디는 바람 따라 모든 장소에 머물고, 도돌이표로 과거의 골목과 오늘의 개울을 연결한다. 음악과 함께 눈 앞에 펼쳐지는 풍경이 '듣는 감각'과 '걷는 감각'으로 재생되며 공간의 공감각적 요소를 더하는 것이다.

그가 만들고자 했던 건 굉장히 직관적인 '기억의 거리'다. 사전 인터뷰로 파악한 각 어르신의 서사를 봄, 여름, 가을, 겨울이라는 사계절 테마로 나눠 어쿠스틱 기타와 아코디언, 심벌즈와 풍금 가락으로 채웠다. 치매 어르신들은 박자에 맞춰 거리 이곳저곳 헤맸다. 어린 시절 들었던 노래를 따라부르며 몸이 가는 대로 자유롭게 행하는 것이다. 이 순간만큼은 보호라는 이유로 어르신을 통제하지 않았다.

그들은 도시에서 사라졌던 생물 버들치를 다시 만나고, 봄 소풍

나온 듯 보물찾기를 하며 풀냄새를 맡고 흙을 만졌다. 온전히 기억하지 못한다는 이유로 자연의 변화를 감각할 기회조차 단절되었던 이들이 내 두 발로 느리지만, 앞으로 또 앞으로 주체적으로 이동한다.

'슬로우 고고'는 말 그대로 천천히 걷는다는 뜻이다. 음악을 통해 천천히 추억을 떠올리고, 그 추억으로 기억을 되살리고, 기억을 되살리는 과정을 통해 나의 하루를 긍정한다. 음악을 부르는 이도, 듣는 이도 기억으로 연결되며 함께 즐거워했던 경험. 세대를 넘어 기억으로 연결되었던 순간은 이렇게 서로에게 영향을 남기며 조금씩 마음의 벽을 허물어간다.

느리지만, 우리는 치매 어르신과 함께 나아갈 수 있다.

2021 기억의 집 파일럿 프로젝트 〈슬로우 고고〉
2021.10.7.~10.17.

뮤직인피플

대표	전현미
음악 플레이어	황태현
영상과 기록	이연승
공간연출	김지영
공간/세트제작	백부현
뮤직플레이어	전자연

두 번째 기억의 집

사라져 버린, 사라져 버릴 것들에 대하여

― 흐린 기억 속의 나

어느 해 질 녘 다들 바삐 집으로 돌아가는 귀갓길이다. 여섯 시가 조금 넘은 시각, 수영동의 골목 이곳저곳을 헤매다 겨우 '바람길 작은 도서관' 앞에 도착했다. 이곳에서 펼쳐지는 두 번째 기억의 집. 소담한 옛 대문 앞에는 '사라져 버린… 사라져 버릴 것들에 대하여'라고 적힌 프로젝트 배너가 제 곳에 알맞게 도착했음을 알려준다. 오늘 이곳에서 나는 사라져 버린 지난 기억에, 사라져 버릴 오늘 이 순간에 몰입하려 한다.

조금의 시간이 지나자 이리저리 낯익은 사람들이 모여 대문 앞을 가득 채웠고, 모두 각자의 스마트폰을 반납하고 미지의 세계로 향하듯 샛노란 앵두 전구가 달린 좁은 정원으로 들어갔다. 지난 세계와의 접점을 모두 차단하고 들어가니 넓은 마당이 펼쳐진다. 흐릿한 시야 넘어 낡은 빨랫대와 함께 놓여 있는 평상만이 누군가의 일상에 진입했음을 알려주었다.

"할머니, 갔다 왔나? 오늘 재미있었어?"

누굴까. 그 사람은 나를 '할머니'라고 불렀다. 살갑게 다가오며 나를 할머니라, 오늘 어떤 하루를 보냈느냐 물어본다. 그는 부드럽게 나의 왼팔을 붙잡고 따라오라며 정원 이곳저곳을 안내했다. 양 갈래의 정원 나무가 소담히 길을 보듬고, 로즈마리 같은 얕은 풀꽃향이 짙게 깔린 정원이었다. 어디선가 들려오는 늦여름의 귀뚜라미 소리가 나의 귓가를 간지럽혔고, 평상에 놓인 빨랫감의 섬유유연제 향이 코끝을 스쳐 갔다. 단 몇 걸음만으로도 도시 속에서 무뎌졌던 몸의 감각이 되살아나는 느낌이었다.

"할머니, 오늘 주간 센터에서 뭐 배웠어? 오늘도 만들기 했어?"

예측하지 못한 질문에 아무 말도 못 하고 머뭇거리는 나. 갑자기 할머니가 된 것도 당황스러웠지만, 주간 센터에서 무엇을 배웠을지 조금도 상상해보지 않아 당혹스러웠다. 나는 치매 진단을 받은 할머니에게 한 번도 오늘 무엇을 배웠는지 여쭤보지 않았다. 아니, 애초에 궁금하지 않았다. 치매는 기억이 희미해지는 것이니 당연히 그 무엇도 배울 수 없을 거로 생각했다. 할머니의 기억보다 빨리 희미해진 건 당신을 향한 안부의 물음이었고, 할머니보다 내가 먼저 할머니의 하루를 잃어버렸다.

가까이 다가온 이는 나의 어깨를 부드럽게 잡고 내 눈을 빤히 쳐다보며 오늘의 안부를 물었다. 할머니가 오늘 무엇을 했는지, 어떤 감정이었는지 궁금해 죽겠다는 표정으로 별다를 것 없을 나의 일상을 끈질기게 묻고 또 물었다.

"오늘..? 재미있었어. 노래 불렀어..."

그의 끈질긴 물음에 기억 저편에 있던 내 할머니의 답변을 꺼내 전한다.

"아이고~ 재밌었겠네!"

손뼉을 치며 좋아하는 반가운 소리에 그제야 고개를 돌려 나를 향해 다가온 이를 바라본다. 맑은 눈에 치아가 가득 보이는 미소, 입가에 얕은 주름을 새긴 마음 착한 손녀딸. 지금 내 앞에 있는 사람은 나를 염려하는 마음 착한 손녀다.

손녀와 주택 앞 정원을 이리저리 거닐었다. 오늘 하루 있었던 하릴없는 이야기를 나누기에는 더없이 기분 좋은 시간, 더없이 편안한 정원이다. 내 말을 귀 기울여 들어주던 손녀는 이곳이 할머니의 기억이 담긴 '기록의 정원'이라고 했다. 이윽고 내게 '기억의 기록'이라는 글이 적힌 편지를 건네주며 한 글자씩 또박또박 읽어달라고 했다.

쪽지 1. 내 이름은 한연순. 1923년에 1남 3녀의 둘째 딸로 태어났다.

손녀는 할머니가 좋아하는 보물찾기를 하자며 정원 이곳저곳으로 안내한다. 내가 찾아야 하는 건 노란 빛깔의 종이. 그 종이 안에는 나란 사람에 대한 정보가 하나씩 담겨 있었고, 종이를 찾을 때마다 내가 누구였는지 어떤 삶을 살았는지에 대한 하나씩의 기억이 돌아왔다.

쪽지 2. 나는 부모님께 무조건 순종하는 여린 마음의 아이였다. 착하고 말 잘 듣는다는 이유만으로 학교에 가지 않고 밭일과 집안일을 하면서 일을 야무지게 잘하는 아이로 자랐다. 그래서 아련한 추억 있는 학창 시절이 나는 없다.

쪽지 3. 16살이 되던 해에 옆 마을 중년 어르신들 서너 분이 우리 집 마루에 걸터앉으시니 어머니께서 "연순아, 물 한 그릇을 떠 오너라." 하셔서 공손히 물 한 그릇 대접하였다. 그로부터 몇 달 후 연지곤지 찍고 시집을 가게 되었다.

쪽지 4. 나는 아들 다섯, 딸 하나를 낳았다. 그리고 어여쁜 손자 다섯 과 손녀 다섯도 봤다.

쪽지 5. 내 결혼 생활은 짧았다. 남편이 일찍 세상을 떠나 내 손으로 아이들을 다 키웠다.

함께 찾은 다섯 개의 쪽지를 보고 내가 누구인지 하나씩 되찾아 간다. 조금씩 또렷해져 가는 나를 보며 손녀는 기뻐했고, 나와 함께 들어온 이들도 자신이 누구인지 서서히 알아차리기 시작했다. 그때 굳게 닫혀 있던 기억의 집 대문을 열고 새하얀 머리의 할머니가 마당 중앙으로 다가와 빨랫감을 가득 걷으며 흥얼거린다.

"닐리리야 닐리리... 닐리리 맘보.."

흥에 겨워 씰룩쌜룩 엉덩이를 흔드는 할머니. 그런 할머니가 걱 정되었는지 누군가 부리나케 뛰어나와 할머니를 말린다.

"할머니! 날이 춥다니까. 얼른 들어가요. 감기 걸린다!"

"알았어. 비가 곧 온다니 빨래만 걷고 들어갈 거야. 닐리리야~ 닐리리.."

"할머니 그거 무슨 노래인데 아까부터 흥얼거려요? 나도 알려줘요."

"닐리리 맘보 몰라? 닐리리 맘보?"

닐리리야 닐리리 닐리리 맘보

정다운 우리님 닐리리, 오시는 날에

홍수의 비바람 닐리리, 비바람 불어온다네

님 가신 곳을 알아야 알아야지

나막신 우산 보내지 보내드리지

닐리리야 닐리리 닐리리 맘보

1957년에 나온 대중가요 〈닐리리 맘보〉. 비가 오는 날이면 누군가 꼭 부른다는 이 노래. 어디로 가신지 모를 사라져버린 내 님을 위한 노래. 정원 한가운데서 시작한 그들만의 작은 흥얼거림이 박수를 반주 삼아 리듬을 타더니 이윽고 한바탕 노래와 춤이 되어 우리 사이로 파고들었다. 그리 어렵지 않은 멜로디 덕에 모두 섞여 덩실덩실 몸을 흔들고 노래를 부르는 저녁. 오늘 주간 센터에서 노래를 불렀다는 나의 말이 현실이 되어버리는 저녁이었다.

띠리링--

어디선가 작은 종소리가 들리자 손녀는 이제 저녁을 먹자며 나를 데리고 기억의 집으로 들어갔다. 한 번도 들어와 보지 않은 낯선 집이다. 손녀는 내게 주방으로 가자고 말했지만, 나는 주방이 어디인지 알지 못한다. 모든 방이 생소하고 어렵다. 손녀는 당황한 얼굴로 할머니 오늘따라 왜 이렇게 집을 어색해하냐며 핀잔을 준다. 집에 왔다며 나를 반겼지만 나는 굳게 닫힌 저 방문을 마주하기 두렵다. 고작 30분만으로도 기억하고 있는 척, 아무렇지 않은 척해야 하는 나 자신이 너무 버거웠다.

공간이 집이 되기 위해선 '익숙함'이 필요하다. 집에 가고 싶다는 말은 이제 그만 내게 가장 익숙한 공간으로, 나의 흔적이 가득한 공간으로 돌아가고 싶다는 말과 같다. 나는 어디로 가야 '기억의 집'에 도착할 수 있는지 알았다. 골목의 수많은 집 중 무엇이 내가 도착해야 할 '기억의 집'인지도 알아보았다. 하지만 공간을 인지한다고 하여도 익숙하지 않은 곳은 결코 내 집이 될 수 없었다. 이곳의 모든 것이 익숙하지 않았고, 나는 마치 집을 잃은 듯한 느낌마저 들었다.

선뜻 신발을 벗지 못하자 손녀는 노래 불렀더니 배고파서 안 되겠다며 서둘러 나를 주방으로 이끌었다. 주방에는 작은 반상이 놓여 있었다. 손녀는 밥상 앞에 나를 앉히고, 행주로 열심히 닦더니 다급히 식사를 준비했다. 아무것도 없는 가스레인지 앞에서 간을 보기도 하고, 다진 마늘을 넣으며 열심히 간을 맞추는 손녀.

"엄마 오늘 늦게 온다고 했어요. 할머니, 우리 먼저 식사해요."

이제 가족과 나누는 소중한 일상을 되찾아야 할 시간이다. 냉장고를 열어 반찬을 꺼낸 손녀는 밥솥에서 한가득 공깃밥도 가져왔다. 밥솥에서 가지 냄새가 난다고 싫어하는 손녀. 나도 모르게 손녀가 가지를 싫어한다는 걸 잊지 않도록 속으로 되뇌었다.

"아, 가지 냄새! 엄마는 꼭 가지를 밥이랑 같이 찌더라. 나는 밥에 뭐 들어가는 거 싫은데. 이거 다 엄마가 시집가기 전에 할머니한테 배웠다 하던데 기억나나 할머니?"
"어어... 기억나지."

기억하느냐는 질문에 나도 모르게 그렇다고 대답했다. 기억하지 않는다고 말하면 바삐 움직이는 손녀의 뒷모습이 멈칫할까 봐 나도 모르게 기억한다고 대답해버렸다. 가지 냄새 가득한 밥을 들고 온 손녀는 밥상에 수저를 놓으며 내게 어서 먹으라 재촉했다.

그는 '나'를 위해 밥상 한가득 반찬을 올려두었다. 깻잎 순 볶음은 엄마보다 할머니가 해주는 게 훨씬 맛있더라며 내 밥 위에 반찬도 올려주고, 이렇게 크게 벌리라며 눈앞에서 입을 활짝 펼쳐 보이기도 했다. 나는 텅 빈 밥상을 바라보며 마치 가지 밥이 눈앞에 있는 듯 허공에 숟가락질을 이어갔고, 손녀는 그럴 때마다 내 숟가락 위에 무언가를 올리는 시늉을 했다.

"할머니, 어서 드세요. 왜 이렇게 못 드세요? 물에 말아 드릴까요? 반
찬이 커요? 잘라 드릴까요?"
"배불러. 이제 그만 먹을란다. 배부르다."
"그래. 여기까지 먹어요. 할머니 잘 드셔서 너무 좋다. 내가 할머니
닮아서 이렇게~ 잘 먹지. 할머니 이제 그러면 약 먹자. 약 먹어야 또
렷하다."

　　그는 '나'에게 한 컵 물을 주며 약이 많으니 한 번에 꼴깍 잘 삼켜
야 한다며 염려했다. 그리고는 익숙하다는 듯 일어나 밥상을 정리했
고, 그릇을 싱크대에 넣고 설거지를 시작했다. 냉장고에 반찬통을 넣
고 밥상을 흘린 물을 닦으며 핀잔을 주었지만, 짜증을 내진 않았다.
누군가를 온전히 보살펴야 하는 일. 할머니로 되돌아온 일상엔 온종
일 돌봄 노동을 하는 손녀가 있었다. '나'는 그가 불편하지 않게 시키
는 대로 했고, 손녀는 내가 시키는 대로 하는지 살펴보았다.
　　다음 행동으로 무엇을 해야 할지 몰랐다. 나를 염려하는 손녀에
게 혹여 폐가 되진 않을까 염려하는 마음에 설거지가 끝날 때까지 멍
하니 앉아 있었다. 나도 모르게 점점 아무것도 하지 않는 것이 곧 상
대를 위한 일이라는 생각이 들었다. 무기력한 감정은 아니었다. 오히
려 나보다 함께 하는 상대를 위하는 마음에서 기인한 태도였다. 나를

위하는 이가 더 많이 애쓰지 않도록 도와주는 일은 나의 언어도, 나의 행동도 앞서 줄이는 것뿐이었다.

띠리링-

또 한 번의 종소리가 울렸고, 손녀는 나를 2층 구석방 서재로 데려갔다. 켜진 방안의 불빛으로 보이는 건 어지럽혀진 책장, 그리고 접히다 만 종이비행기가 놓인 책상이다. 손녀는 동생들이 책방을 어지럽히고 나갔을 거라며 불평하더니 내게 큰 색종이를 주며 말했다.

"할머니, 우리 어제 접었던 거 있죠? 종이배였나? 제가 청소할 동안 그거 한 번 더 접어볼까요?"

손녀의 말에 기억을 더듬으며 종이배를 접었다. 손으로 만드는 것은 무엇이든 못하는 젬병이라 애를 많이 먹었는데, 조금 삐뚤빼뚤하긴 해도 얼추 배의 모습을 갖춘 종이가 나왔다. 열심히 종이를 접는 사이 손녀는 정리되지 않은 책장 앞에서 한숨을 쉬며 종류별로, 크기별로 책들을 정리하기 시작했다. 묵묵히 청소하는 그의 뒷모습이 힘들고 지쳐 보였다.

배를 다 접은 나였지만, 홀로 있는 시간을 방해하고 싶지 않아 남은 종이로 비행기도 접고, 펜으로 그림도 그렸다. 그렇게 한참의 시간이 흘렀을까. '엄마야, 이게 여기 있네.' 손녀는 오래된 사진첩을 발견했는지 반가운 얼굴로 내게 달려왔다.

"근데 진짜 엄마랑 할머니랑 많이 닮았다. 웃으니까 똑같다. 봐봐, 나중에 우리 엄마도 나이 들면 할머니 지금 모습처럼 곱겠제?"

손녀가 보여준 앨범엔 텅 빈 흰색 인화지만 가득했다.

"할머니, 이 사진 있잖아. 가족들이랑 다 같이 온천 여행 갔잖아. 이때가 언양이가? 온양이가? 부곡하와이 갔을 때. 기억나나? 나는 할머니 기억이 잘 안 나는데, 가족들이랑 다 같이 사진 찍은 이때만 기억난다."

새하얘진 머리처럼 손녀가 가리키는 곳에도 하얀 인화지만 덩그러니 남아 있다.

"아, 이거는 내가 찍어준 건데! 이미자 콘서트! 이때 할머니 연예인인 줄 알았다. 이미자 만날끼라고, 핑크색 옷 딱 차려입고, 방긋 웃으면서 사진 찍는데……. 할머니, 그때 진짜 행복해 보이더라. 이때 그렇게 행복했나? 기억나나? 우리는 앞에서 기다리고 있는데, 나올 생각을 안 하시대! 이때 무슨 생각 하면서 이렇게 행복게 웃고 있었습니꺼? 옆에 엄마도 진짜 좋았는갑다. 표정 봐봐, 할머니."

손가락으로 사진을 가리키며 하나씩 불러보는 가족. 사진첩을 들여다보며 깊은 생각에 잠기는 손녀를 보며 나도 모르게 지어지는 미소다. 아마 그와 나는 빈 인화지를 보며 다른 가족의 얼굴을 그리고 있을 것이다. 나는 나의 할머니를, 그녀는 그녀의 할머니를.

하지만 지금, 이 순간 우리는 서로가 전하지 못한 진심을 연극에 빗대 함께 꺼내고 있다. 마치 고해성사를 하듯 순간에 전하지 못한 진심을 담아 지금 여기서 함께 꺼내고 있다.

어질러져 있는 서재의 모습은 수험 공부로 정신없던 고등학교 시절의 내 방과 같았다. 책 치우라고, 옷 걸어두라고, 하나하나 챙기는 할머니의 말에 나도 모르게 내뱉었던 말은 '할머니, 제 방은 제가 알아서 할게요'였다. 내 방에만 들어오면 화가 난다는 할머니는 이후 본인의 권한이 아니라는 듯 이내 물러서 다신 내 방에 들어오지 않았고 그날부터 할머니와 나는 서먹해졌다. 나도 할머니의 영역으로 넘어서지 않았고, 할머니도 나의 영역으로 넘어오지 않았다.

할머니가 요양병원에 가시기 전까지, 나와 단둘이 남긴 사진은 한 장도 없다. 지금 우리가 보고 있는 텅 빈 인화지처럼 나와 할머니의 앨범도 하얗게 비어있다. 할머니는 어떤 삶을 살았을까, 할머니는 어떤 가수를 좋아하고, 무엇을 해보고 싶었을까. 내 앞에 있는 손녀처럼 살갑게 물어보지 못한 나였기에 부끄럽고 슬펐다. 이제 나는 어떻게 할머니를 기억할 수 있을까.

띠리링-

    손녀와 새로운 방으로 들어섰다. 폭신한 이불이 깔려 있는 침실이다. 여기선 어떤 이야기가 이어질까 고개를 갸우뚱하는 사이, 손녀가 내게 다가와 냄새를 맡더니 말했다.

"할머니 똥 쌌어? 으이구 파티해버렸네."

    내가 똥이라니, 그리고 파티를 했다니. 너무 당황해 굳어 있으니 손녀가 나를 바닥에 눕혔다. 똥을 싼 줄 몰랐다. 아니 똥을 싸지 않았다. 분명히 나는 아무것도 하지 않았지만, 똥이라는 단어가 주는 충격은 생생했다. 내가 내 몸을 조금도 통제하지 못하는 기분, 그리고 형용할 수 없는 무력감. 수치심과 고마움이 동시에 밀려오며 나는 아무 말도 하질 못했다.

    천천히 바닥에 나를 눕힌 손녀는 급히 엄마에게 전화해 나의 소식을 전했다.

"엄마 어떡해? 할머니 또 파티했어. 엄마 언제 와? 왜 이렇게 오래 걸려? 아, 나는 못 할 것 같은데. 내가 해보라고? 어…… 일단 해볼게. 옷장에 기저귀 안 보이는데? 어, 있다, 있다. 이거랑 물티슈 챙겨서, 알겠어!"

손녀가 나의 소식을 수화기 너머로 전하는 동안 멍하니 천정만 바라보았다. 당혹해하는 손녀의 목소리도 들었고, 늦으니 먼저 하라고 짜증 내는 수화기 너머 딸의 목소리도 들었다. 나는 기억이 희미한 것이지 감각이 희미한 것이 아니다. 나로 인해 귀찮고 불편한 일이 생겼다는 것은 목소리의 다급함으로, 음의 높이로 쉽게 알 수 있다. 하지만 나는 손녀의 말에 따라 가만히 누워 천정만 바라볼 수밖에 없다. 더 귀찮은 일을 만들면 안 되니까. 그건 정말 미안하니까.

"할머니 이제 옆으로 누워볼까? 엄마 늦게 온다네... 내가 바로 해줄게요. 자- 바지 벗자. 엉덩이 들어봐요!"

손녀의 말에 엉덩이를 들고 바지를 내리는 시늉을 했다. 손녀는 옆으로 누워있는 내게 다리를 들어라, 바지를 벗어라 능숙하게 말했다.

"쑤욱! 기저귀 한 번 봅시다. 아이고, 얼룩덜룩하네. 이쁘네. 잘 쌌네! 인자 깨끗이 닦자. 쓱쓱. 싹싹. 물수건으로 깨끗하게 닦아 냈고요. 이제 분칠할까 할머니? 톡톡톡톡 해볼까요?. 오른쪽으로 돌아누우세요. 톡톡톡톡. 왼쪽으로 돌아 누으세요. 톡톡톡톡."

오른쪽. 왼쪽. 방향을 바꿔 돌아눕는 동안 손녀는 엉덩이 곳곳에

분칠해주었다. 사태의 수습을 완전히 내맡겨야 하는 상황. 이 완벽한 무력감을 맛보자 눈앞이 뿌옇게 흐려졌다. 친절하게 기저귀를 갈아주는 사회복지사를 향했던 할머니의 뜻 모를 짜증이, 매일 아침 할머니가 느꼈을 당혹스러움이 무엇인지 이제야 짐작할 수 있었다. 바지에 똥을 싸버렸다는 상상만으로도 심장이 뛰기 시작하는데 하체 가득한 질펀한 느낌, 엉덩이를 채우는 온기, 코를 자극하는 냄새와 색이 변해가는 바지가 전하는 감각이 얼마나 고독했을까.

"아유, 뽀송뽀송 예쁘네. 자, 이제 엉덩이 들고 할머니! 새 바지 입을까요? 다리 들고, 바지 쑥! 엉덩이 들고, 바지 쑥! 아이고 잘했어요! 할머니 기분 좋지요?"

띠리링-

  속에서 차오르는 감정을 숨기려 고개를 숙이던 나는 종소리가 들리자마자 부리나케 일어나 방을 나섰다. 손녀와 나는 조심히 계단 아래 욕실로 향했다. 문을 닫고, 깨끗하게 씻을 차례다. 옷을 벗자는 말에 상의부터 천천히 내려둔다. 나는 할머니가 즐겨 입던 기억 속 옷을 그리며 단추를 풀고 양말을 벗었다.

  손녀가 건네주는 칫솔을 받아 치카치카 양치를 한다. 틀니를 썼던 할머니라 양치하시는 모습을 보진 못했지만, 구석구석 입안을 닦고 헹궈내던 할머니다. 이제 나는 욕조에 앉아 머리를 숙인다. 손녀

는 받아누었던 양동이의 물을 가지고 와 조금씩 머리에 뿌려주었다.

"할머니, 물이 찹나? 괜찮아? 자 그럼 인자 세수부터 하자. 어푸어푸 해요. 거품 많이 나게. 그렇지. 꼼꼼하게. 눈 따갑나? 자, 헹구자, 할머니. 눈 꼭 감고."

뽀득뽀득. 할머니는 세수할 때 꼭 귀 뒤까지 비누칠하셨다. 욕조에 앉아 고개를 숙이고 할머니가 그랬던 것처럼 꼼꼼히 씻는다. 생각해보니 누군가의 도움으로 몸을 씻었던 순간이 언제가 마지막이었는지 기억나지 않는다. 대충 자아가 생긴 이후부터는 홀로 씻었던 것 같은데 타인에게 온전히 내 몸을 맡기는 경험이 여전히 유쾌하지만은 않다.

"어유 시원하다. 이제 몸에 비누칠합시다. 비누 가지고 몸에 쓱싹쓱싹 해봐. 아유, 잘한다. 어, 때가 좀 나오네요? 할머니, 이걸로 때 좀 밀고 계세요. 아이고, 할머니! 피 나오겠다. 우짜노……. 할머니, 아프면 그만 밀어야지, 이렇게 벌겋게 일어날 때까지 밀면 안 되어요. 알겠죠? 아이고, 이거 아파서 우짜노?"

머리 위로 한 번의 물이 부어질 때마다 이상하게 마음이 울렁인다. 깨끗하지 않은 몸을 누군가에게 내보였다는 자존심 때문인지, 아니면 한평생 고고하게 살아가려 애썼던 할머니의 마지막 기분이 짐작되어서인지 모르겠다. 나 혼자 해낼 수 있다는 사소한 일상의 확인이 나를 나답게 만들어주는 중요한 배경일 텐데, 이처럼 누군가의 조력이 없다면 깨끗해질 수 없는 상황이 너무도 비참하기만 하다. 몸을 스친 비눗물이 마음이란 배수구에 가득 끼어 버렸다.

다 씻었다는 손녀의 말에 욕조에서 나와 두 팔을 벌렸다. 손녀는 팔을 닦아주었고, 나도 구석구석 몸을 닦았다. 한 방울의 물도 남지 않도록 피부가 스치는 모든 곳을 꼼꼼히 닦았다. 손녀는 내게 잠옷을 주었다. 이제 잠들 시간이라며 깨끗해진 나를 보고 반갑게 웃었다.

띠리링-

"씻으니까 예쁘네."

욕실을 나서자 함께 '기억의 집'을 찾았던 다른 분들이 거실에 둘러앉아 있다. 모든 방의 불이 꺼지고, 노란 불빛의 취침등만이 따스하게 공간을 밝히고 있다. 오늘은 특별한 날이라 한다. 특별한 분의 특별한 날을 축하하기 위해 모두 깨끗이 씻고 이곳에 모여 앉았다.

둥그렇게 모여 앉은 우리 사이로, '기억의 집' 정원에서 빨래를 걷던 새하얀 머리의 할머니가 나온다. 해 질 녘에 걷어낸 손녀의 빨랫감을 하나씩 포개어 정리하는 할머니. 이윽고 할머니의 뒤로 그녀의 손녀가 다가와 오늘이 어떤 날인지, 오늘 밤이 무슨 날인지 아느냐고 물어본다.

"할머니 오늘 무슨 날인지 알아요?"
"오늘이 무슨 날이기는. 별 시답잖은 소리 하고 있어! 어여 빨래나 개."
"할머니... 우리... 오늘 밤이 마지막이에요. 내일이면 할머니 다른 곳으로 가서... 할머니랑 나랑... 오늘이 함께 보내는 마지막 밤이에요."
"할미가... 가?"

손녀의 말을 들은 할머니는 잠시 멈칫하더니 다시 남은 빨래를 개기 시작한다. 두 양말의 짝을 잘 찾을 수 있다는 듯이, 아직 나 괜찮다는 듯이 속도를 내어 남은 빨래를 개기 시작한다. 어떻게 말해도 아플 수밖에 없는, 오래 고민한다고 해서 마땅한 방법도 나오지 않는 어려움. 온종일 밝기만 하던 할머니의 표정에 스친 두려움을 읽었는지 손녀는 뒷주머니에서 작은 스피커를 꺼내 밝게 소리쳤다.

"그래서 오늘 밤! 우리 할머니와 노래나 더 불러볼까나!"

작은 스피커에서 나오는 노래, 〈닐리리 맘보〉. 황혼의 정원에서 엉덩이를 씰룩거리며 춤을 췄던 할머니의 모습 그대로 어린 손녀가 거실 이곳저곳을 뛰어다니며 신나게 〈닐리리 맘보〉를 부른다.

닐리리야 닐리리 닐리리 맘보
정다운 우리 님 닐리리, 오시는 날에
홍수의 비바람 닐리리, 비바람 불어온다네
님 가신 곳을 알아야 알아야지
나막신 우산 보내지 보내드리지
닐리리야 닐리리 닐리리 맘보

함께 둘러앉은 우리도 새하얀 머리의 할머니를 위해 닐리리 맘보를 불렀다. 옆으로 옆으로 작은 박수 소리가 이어지더니 하나둘 일어나 씰룩쌜룩 엉덩이를 흔들며 신나게 노래를 불렀다. 그 길이 혼자만의 길은 아닐 거라는 말을, 두렵지만 외롭지 않게 걸어갈 수 있을 것이라는 희망을 노래와 춤에 담아 거실을 채웠다.

한참을 뛰어노는 할머니에게 손녀는 편지를 썼다며 이제 내 무릎에 기대어 잠시 누워보라고 했다. 이윽고 하나둘 꺼지는 취침등. 함께 '기억의 집'을 찾았던 이들도 손녀의 곁에서 요를 까고 노곤한 몸을 뉘었다. 어두워진 거실과 곁에서 어깨를 토닥이는 가족. 오늘이 요양원으로 가기 전, 마지막 밤이다. 누워있는 우리를 향해 편지를 꺼내 천천히 읽어주었다.

'내가 누고?' 맨날 하는 소리에 속상하제? 너무 걱정 마라. 나는 나를 잊어도, 너는 나를 기억하잖아. 사랑한다. 얘야.

우리 고향 집엔 감나무가 있었다. 기억하나? 큰 감나무 밑 평상에 앉아 수박 먹고, 낮잠 자고. 어린 너랑 손잡고 마실 다니던 그때, 네가 나를 부르면 그때가 생각난단다.

그래서 나는 행복하다. 어차피 나는 곧 죽을 거고. 이래 생각해보면, 죽는 게 뭐라고 대수인가 싶다.

죽는 건 두렵지 않지만, 그래도 나는 오늘을 기억하고 싶다. 내가 너희에게 잘못한 것을 기억하고 싶어도 나는 이제 할 수 없다. 용서해라. 오늘 하루도 저문다. 나는 오늘 참 행복했다. 나를 돌보는 너에게는 참 고달픈 하루였겠지만, 나는 오늘 참 행복했단다.

내일은 이제 네가 행복할 차례다. 행복해라.

오늘 하루가 지나간다. 일어나서 씻고, 가족과 밥을 먹고, 얘기 나누고, 웃고, 싸우고, 또 용서하고. 기억나지 않지만, 빈틈없이 통과했을 나의 하루다. 이내 곧 걱정마저 잊을 테고 하루씩의 즐거움과 고마움만이 내 마음을 채울 것이다. 잠에 든다. 고요히 하룻밤을 자고 나면, 나는 오늘의 모든 것과 이별할 것이다. 새로운 세상으로 가는 만큼 오늘은, 아주 깊은 잠에 들어야 한다.

띠리링-

이별의 소리가 들린다. 손녀는 나를 조용히 일으켜 세웠고, 함께 정원으로 나섰다. 손녀는 내 손을 꼭 잡았다. 그리고 내 눈을 한참 바라보다 말했다.

"할머니... 미안해... 잘 가."

[Behind]
사라져 버린 또는 사라져 버릴 것들

첫 번째 기억의 집 '슬로우 고고'에선 몸의 감각을 다양하게 사용해보는 것이 핵심이었다. 함께 골목을 걷고, 보고, 듣고, 맡고, 맛을 보며 모든 감각을 통해 치매 어르신과 일치가 이룰 수 있도록 참여자를 안내했다. 그렇게 몸의 감각을 통한 일치가 첫 번째 기억의 집이었다면 두 번째 기억의 집은 각자의 지난 경험을 바라보는 것에 집중했다. 치매 가족과 함께 지냈던 참여자들의 개별 경험으로 깊숙이 들어가 그들이 잊고 있던 지난 삶의 현장에서부터 모든 이야기를 시작했다.

연극을 준비한 이지숙 대표는 작가와 예술 감독, 배우와 공간을 디자인하는 모든 스텝과 함께 서로의 조각난 기억을 모아 텍스트를 만들었다. 관객의 적극적인 개입으로 창조하는 이머시브 공연 hybrid immersive performance 에서 배우들이 안내한 텍스트는 모두 이정표였다. 다음 순서가 어떤 곳인지만 가볍게 알려줄 뿐, 어디서부터 어떻게 걸어갈지는 온전히 현장 참여자의 몫이었다.

낯선 공간을 찾은 관객은 극을 이끄는 치매 당사자가 되었고, 배우는 어르신을 곁에서 살뜰히 챙기고 안내하는 보호자가 되었다. 스토리가 안내하는 곳은 크게 두 곳, '치매 당사자의 일상'과 '그에 대한 가족의 대처'다.

약을 먹기 위해 밥을 먹는 주방에서부터 어질러진 방들, 기저귀에 싸버린 용변과 화장실까지. 배우의 대사에 각자가 경험한 할머니와 할아버지의 문장이 꺼내진다. 이 스토리의 결말은 처음부터 없었다. 그저 연극이라는 장르가 지닌 네러티브와 대사를 활용해 치매 당사자의 언어와 메시지를 분명히 드러낼 뿐이다. 배우들은 준비된 대로 각 공간에 맞춰 상황을 부여했고 종이 울릴 때마다 방에서 방으로 연극무대가 바뀌며 누구도 알 수 없는 둘만의 스토리가 펼쳐졌다.

흐트러진 구조의 무대 위에서는 누구나 극을 이끌 수 있고, 서로가 지난 경험을 재현하는 오브제가 된다. 배우의 안내를 통해 각자가 보호했던 치매 당사자의 입장을 상상해볼 수 있었다. 내게 똥을 쌌다며 타박하는 손녀의 표정에서 지난 순간의 내 모습을 보았다. 할머니도 나의 이런 표정을 보았겠다는 자각. 조금도 상상해보지 못했던 입장의 전환에서 각 공간의 흐름이 시작되고 이야기가 만들어져 간다.

　　배우들이 공통으로 준비한 텍스트에서 누구나 공감하고 자기의 이야기를 꺼낼 수 있었던 건 그만큼 치매 가족들이 겪는 문제가 보편적이기 때문이다. 누구나 치매 가족의 식사로 애를 먹고, 대소변으로 고통받는다. 삶의 통제력을 잃자 보호자는 내게 지치고, 나 자신도 통제력을 잃은 내 모습에 질려버리는 상황의 연속. 달리 바라볼 여유가 사라지며 결국 치매 어르신과 가족 모두 정서적 폐허에 이른다.

　　이 짧은 역할극을 통해 느껴지는 모든 감각이 나를 우울하고, 외롭게 했다. 마주하는 상대의 언어와 표정에서 확인받는 '쓸모없는 사람'이라는 감각이 온몸을 빠르게 휘감았다. 누군가에게 폐가 된다는 생각이 스치자 나도 모르게 몸이 얼어버렸다. 자신감을 잃은 행동은 실수로 이어졌고, 점점 눈앞의 타인에게 의존하고 싶어졌다.

　　지극히 일상적이라 누구에게도 꺼내지 못했던 개인의 어려움이 여기선 공적인 대사가 되고 연기가 되며 '당신 혼자만의 일'이 아니라는 듯 서로에게 위로를 전했다. 두 번째 기억의 집이 펼쳐진 수영구 '바람길 작은 도서관'은 일반 주택 공간을 도서관으로 개조한 곳이다. 가족이 머물던 곳이기에 대문부터 마당까지 사람의 손때가 가득했다. 배우들은 정형화된 가상의 공연장을 만들기보다는 친숙한 공간 속에서 각자의 기억 안으로 한 걸음 나아가길 희망했다. 그들의 배려

덕분에 나도 짐작하지도 못했던 할머니의 감정과 마주할 수 있었다.

　이처럼 우리가 만드는 '기억의 집'에는 치매 어르신과 가족이 함께 초대되어야 한다. 서로의 표정을 직면하고, 치매로 일어나는 사건들을 여러 입장에서 다시 마주하게 하는 것. 지친 마음을 함께 치유하고 감정을 나누는 것이 치매 가족이 서로를 포기하지 않게 하는 마지막 끈이 될 것이다.

2021 기억의 집 파일럿 프로젝트
〈사라져 버린, 사라져 버릴.. 것들에 대하여〉
2021.10.25.~10.30.

극단 배우, 관객 그리고 공간

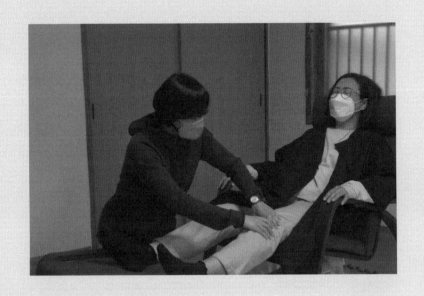

182

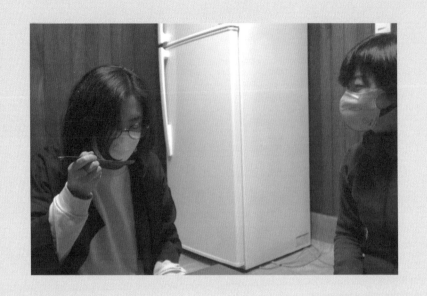

세 번째 기억의 집

오늘, 내일 그리고 어제

- 기억을 공유하는 다양한 방법들

오래된 섬, 영도. 오류도가 훤히 보일 정도의 높은 언덕 위 주택으로 오른다. 따스한 햇볕이 스민 정원. 트램플린 옆으로 바람이 스칠 때마다 짤랑하는 소리가 들린다. 버려진 유리그릇이 모여 만들어내는 소리는 어색했지만 정겨웠다. 사람들의 이야기 소리가 들리는 주택 안으로 들어서자 입구에서부터 진즉에 버려졌어야 할 청귤이 아주 소담히 쌓여 있었다. 천천히 집안을 거닐어본다. 테이블 위에 놓인 페이퍼, 복도 가득 걸려 있는 액자, 천정부터 바닥까지 이어진 예술 작품이 저마다 누군가의 기억을 담고 있다.

집안 곳곳에 시각화된 기억들이 놓여 있는 세 번째 기억의 집은 누군가의 기억이 기록된 하나의 '전시 공간'이다, 특정한 공간을 기획할 땐 무엇이 있느냐도 중요하지만, 어떻게 배치되어 있느냐도 중요하다. 마치 탐정영화의 한 장면처럼 공간에 머문 사람은 꼭 흔적을 남기기 때문이다. 물건이 어떻게 놓여있는지에 따라 우리는 타인의 습관과 메시지를 짐작할 수 있다.

세 번째 기억의 집에서 가장 먼저 사람들을 맞이하는 건 주방이다. 주방 한가운데 놓인 하얀 전신 거울은 하늘을 바라보는 책상이 되어 있고, 그 위로 투명한 병들과 누군가의 일상에 대한 짧은 코멘트들이 적혀있다.

더 이상 예전처럼 기능하지 않는 신체의 부분들
딱딱한 듯 따뜻한 듯 미세하게 움직이는 몸뚱아리

하나씩의 기억이 담겨 있다는 기록의 병을 열어 냄새를 맡아 보았다. 어떤 건 맑은 시트러스 향이 났고, 어떤 건 매콤한 계피 향이 났다. 모든 향의 시작은 이곳을 찾은 치매 어르신이 그들만의 기억으로 오색의 청을 만들 때 썼던 재료들이다. 기억은 언제고 퇴색되지만, 감각은 동일하다.

진지하게 어르신과 만나온 왕덕경 작가는 그들의 기억을 재료 삼아 오색의 청을 만들었고, 그 특유의 향이 공간을 찾은 이들의 새로운 기억을 회귀시킨다. 한 사람의 기억을 레시피 삼아 담근 '기억담금청'. 그들의 기억이 적절한 배합으로 섞여 타인과 나눌 수 있는 따뜻한 차 한 잔으로, 새로운 이야기 자리로 진화하는 새로운 시도다.

기억담금청이 어르신의 기억과 사건, 그리고 이야기를 수집해 마시고 맡을 수 있는 물체로 전환하는 작업이라면, 주방 벽면을 뒤덮은 그림은 지역의 동화작가와 협업한 어르신만의 '기억 레시피'다. 그림 안에는 어르신들의 기억 속 이야기들, 학창 시절 꿈과 함께 장난치던 친구들, 어렸을 적 엄마가 해주었던 잊지 못할 맛의 음식들, 가족들을 위해 치열하게 살아온 젊은 시절의 이야기, 후회와 아쉬운 기억 조각들이 레시피가 되어 그려졌다. 개개인의 사소한 이야기부터 누구라도 겪었을 법한 사건들까지, 〈기억담금청 레시피〉로 파노라마처럼 펼쳐지는 기억들이다.

이곳에 구성된 사물은 모두 원래의 기능을 벗어나 있었다. 내 눈에 스치는 모든 사물이, 본래의 기능으로 작동하지 않은 채 조금은 다른 의미를 부여받아 사람들의 걸음을 방해하고 시선을 사로잡았다. 구석에 놓여 있던 물건들이, 애써 신경 쓰지 않으면 보이지 않았을 물건들이 공간의 중심을 차지했다. 마땅한 쓸모를 마치고 가장자리로 밀려났던 모든 존재에 대한 적극적인 역할부여다.

당연했던 사물을 다르게 바라보는 시각. 그들은 겹겹이 시간이 쌓인 사물 속에 사람들의 기억이 간직되어 있다고 말했다. 집단으로 어울려 합주를 했던 첫 번째 기억의 집, 서로에게 조응하며 함께 이야기를 끌어갔던 두 번째 기억의 집을 넘어 이곳은 나에게 고요히 침잠하는 시간을 선사한다. 타인이 남긴 기억의 흔적을 쫓으며 나의 편견을 짐작할 수 있도록 말이다.

누구나 잃는다.
너무 늦거나, 너무 이른...
그 친구들, 그 사람. 아무도 모른다.

입안 가득 기억담금청의 단맛을 지니고, 천천히 공간을 헤맨다. 왕덕경 작가는 가족의 치매를 지켜봤던 부산의 다른 작가들과 함께 모두 고대의 수행자처럼, 마음을 닦는 고행자처럼 자신만의 상징을 엮어 기억을 재현해냈다.

조금도 다르지 않은 요양병원의 생김새 때문이었을까. 한 번도 만난 적 없는 작가들의 스케치에서 나와 같은 감정이 느껴진다. 작가들이 그려낸 할머니, 할아버지의 모습이 요양병원 침대에 앉아 창밖만을 바라보던 내 할머니의 뒷모습과 닮았다.

그리고 할머니 곁에 누워 똑같은 표정을 짓고 있던 어르신들. 창밖의 자유로움을 바라시는 것인지, 창 너머 다가오는 사람을 기다리는 것인지 알 수 없을 표정들이었다. 요양병원에선 별다른 해법 없이 모두가 같은 결말만을 맞기에 우리는 같은 기억, 아니 같은 상처를 지니고 있었다.

작품으로 프로젝트에 참여한 설치 작가는 '치매'를 고민하며 천 조각을 뜯어내 사람이 엎드려 절하는 듯한 형상을 만들었다. 그는 웅크린 인형의 빈틈으로 또 다른 인형을 넣어 완벽한 조각을 만들어냈고, 할머니가 머물던 요양병원의 일상처럼 고요히 잠으로 연결된 어르신들을 표현해냈다.

세상 밖의 풍경을 바라듯 똑같은 자세로 맞닿은 사람의 형상은 창문 너머의 하늘을 만들고 꽃밭을 만들었다. 사람과 사람의 연결이 새로운 세계를 초대하는 열쇠라는 듯 엎드린 사람의 형상은 어디로든 확장해나갈 수 있었다.

또 다른 작가는 치매 진단을 받은 할아버지를 기억하며, 87세라는 연령에 집중해 87시간 동안 하나의 작업에만 몰두하는 프로젝트를 시작했다. 신체의 자유도가 제한된 할아버지의 상황을 짐작하고 표현하기 위해 자신의 신체 역시 극한의 상황에 밀어 넣는 작업이었다. 87시간이라는 몰입된 환경에서 그려간 무수히 많은 원들은 마치 할아버지와의 지난 기억을 하나씩 일치시켜가는 수도의 작업과 같았다.

긴 시간 그려갔던 동그라미는 천정부터 시작해 벽과 바닥을 뒤덮고도 남았고, 덩그러니 놓여있는 목탄만이 이 작업이 이대로 끝나지 않을 것임을 알려주었다. 천천히 그가 기록한 시간을 바라보았다. 얼마나 오랜 시간 달려왔는지 첫 번째 동그라미부터 마지막 동그라미까지 천천히 관찰했다. 불규칙하게 그려진 검은 점의 간격들. 갈수록 팔과 목의 피로감이 쌓였는지 검은 점의 간격도 좁아졌다. 이 연결에서 중요한 것은 일상적인 시간의 흰색 동그라미일까, 아니면 잠시 내려놓았던 저 검은 동그라미일까.

두 작가는 웅크린 사람의 이어짐과 동그라미의 이어짐으로 어르신의 입장이 되어보기도 하고, 어르신의 자세를 따라하기도 했다. 사랑하는 사람을 작품으로 녹여내며 어떤 방식으로든 서로를 더 많이 관찰한 것이다. 관점은 어느 순간 갑자기 생기지 않는다. 하루씩의 관찰이 쌓이면서 조금씩 분명해져 가는 것이 관점이다. 우리가 어떤 관점으로 타인을 바라보는지에 따라 기억도 달라지기에 노년과 치매에 대한 관점을 세우기 위해선 오랜 시간 관찰하는 것이 중요하다. 그 지난한 과정의 의미와 결과를 두 작가는 자신이 할 수 있는 예술작품으로 설명하고 있었다.

'절대로 되돌아갈 수 없는 장소와 시간으로 되돌아가기를 끝없이 바란다. 소외되고 고립되어 방황하는 파편화된 기억들.'

기억담금청의 마지막 공간. 왕덕경 작가는 10대부터 70대까지 다양한 연령대의 가족이 모여 서로의 손을 바라볼 수 있도록 10일의 시간을 제공했다. 많은 가족이 손을 매개로 서로의 삶을 관찰하며 남긴 그림들. 손안에 담긴 정보는 만만치 않다. 사소하다고 생각해 머리에서 잊은 기억들, 지난 일이라고 그냥 덮어뒀던 일들도 내 손은 모두 간직하고 있다. 굳은살과 짙게 색이 변한 피부로, 물어뜯어 짧아진 손톱과 새살이 부풀어 오른 흉터가 나의 지난 기억으로 돌아갈 이정표다. 손에 담긴 흔적과 상처로 곁에 누가 있었는지를 돌아오며 묻혀 있던 감정도 새롭게 솟아난다.

얼굴의 주름은 가릴 수 있어도, 손의 주름은 가릴 수 없다. 그래서 잘 알고 있다고 생각했던 사람의 손을 바라보면 미처 꺼내지 못했던 그 사람의 내밀한 아픔을 마주할 수 있다. 우리 몸에서 먹고, 만지고, 부수는 역할을 담당한 손은 곧 나의 실천이자, 역사이기 때문이다.

누구는 손에 담긴 나와 엄마를 찾아내기도 하고, 맞잡은 손에서 사랑을 느끼기도 했다. 어린 시절 사고로 손가락이 잘리거나 굽은 채 평생을 살아왔던 이들은 전혀 가깝지 않았음에도 비슷한 상처를 지녔다. 함께 통과한 시대의 어려움이 같은 세대의 손에 상흔처럼 남은 것이다.

10일간의 손 일기는 내게 쌓인 시간을 직면하고 긍정하는 작업

이다. 주름지고, 뒤틀려져 아름답지 않다고 생각했던 나의 손을 꼼꼼히 바라보며 내가 오랜 시간 얼마나 당당히 걸어왔는지, '나이 듦'에 대한 진짜 의미가 무엇인지 알아보는 것이다. 이 방에서 할머니와 손녀는 손끝을 맞추며 다르다고 생각했던 서로의 삶에서 무엇이 가까웠는지 이야기 나눴다. 자연스럽게 손의 흔적을 쫓으며 차곡차곡 기억의 조각을 맞춰가는 것이다.

나이 듦은 아름다움의 반대 개념이 아니었고, 소멸과 사라짐처럼 부정적인 그 무언가도 아니었다. 젊음이 곧 아름다움이라는 무의미한 프레임을 넘기 위해선 사고의 틀을 넓힐 수 있는 시도를 함께해야 할 필요가 있었다. 작가들은 공간을 꾸며 각자의 기억을 꺼낼 수 있는 사건을 마련하고, 치매 어르신의 상황을 짐작할 수 있는 사물을 배치했다. 이 공간을 통해 '노년을 살아가는 이들'과 '노년을 바라보는 이들'이 함께 만날 수 있도록 안내한 것이다.

지금도 잠과 싸우는 어르신의 목소리에 귀를 기울이는 사람은 없다. 치매 어르신이 새로운 사람과 만나 관계 맺고, 교류하고, 새로운 시도를 해볼 수 있는 시도 역시 매일 차단된다. 위험하기 때문이다. 하지만 '요양보호'라는 효율적 관리 뒤로 아무것도 허용하지 않고, 아무것도 개선 시키지 않는 위험은 누구도 계산하지 않는다. 지금도 그들이 믿는 건 단순하다.

'보이지 않는다. 들리지 않는다. 아무런 맛이 느껴지지 않는다. 움직일 수 없다. 양분을 섭취한다. 배설한다. 오직 잠으로 이어진 삶.'

누군가에게 치매 어르신의 삶이란 보이지 않고, 들리지 않으며, 맛도 느낄 수 없고, 그저 먹고 배설하는 오직 잠으로만 연결되는 삶일 뿐이다. 감각의 활용을 위해선 새로운 사람과의 연결로 부여된 책임과 역할이 중요하지만, 관리의 대상이 되는 순간 그 모든 작업은 성가신 일일 뿐이다.

이 공간의 모든 물품은 자기의 기능을 잃고도 쓰임이 있었다. 거울이 탁자로, 하얀 곰팡이가 앉은 청귤이 예술품으로, 찢긴 천이 설치 작품으로, 아무것도 쥐지 않은 빈손이 오브제가 되었다. 누구나 시간이 지나고 나이가 들며 외곽으로 구석으로 밀리기 마련이지만, 이곳에선 용도를 잃은 물건에 의미를 넣어 공간의 정중앙, 사람들의 동선을 막는 모든 곳에 두었다. 예술을 통해 새로운 의미와 목적을 부여할 수 있다는 걸 알려준 것이다.

세 번째 기억의 집도 누구나 찾아올 수 있는 어느 골목 한가운데 있었다. 골목은 '치매 어르신'이 살아왔고 앞으로도 살아갈 삶의 현장이다. 전시 공간의 문은 활짝 열려 있었다. 누구나 편히 찾아와 기억 담금청을 꺼내 따뜻한 차를 나누고, 그림을 그릴 수 있도록 대문부터 현관까지 모두 활짝 열려 있었다. 저마다 다른 사연을 지닌 작가들이 만나 풍성한 공간을 꾸민 것처럼 다른 사람과의 연결은 삶을 다채롭

게 채색한다. 특별할 것 없이 삶 속에서, 주변 사람들과 함께하는 것
만으로도 내일의 골목은 이보다 훨씬 더 많은 냄새와 이야기가 깃드
는 골목이 될 것이다.

[Behind]
기억담금청 - 오늘 내일 그리고 어제

세 번째 '기억의 집'은 공간의 정체성을 하나로 규정할 수 없었다. 치매 어르신의 기억을 담은 공간이면서 다양한 세대를 초대하는 공간이었고, 우리가 일상적으로 사용하는 물건의 개념을 되묻는 '질문의 공간'이기도 했기 때문이다. 치매 어르신 한 사람의 기억만을 모티브로 하지 않았기에 '치매'를 고민하는 모두의 이야기를 꺼낼 수 있었다. 공간을 기획한 왕덕경 작가는, 공간체험을 통해 치매 어르신의 일상과 가족의 시선을 동시에 환기하려 했다고 밝혔다.

세 번째 기억의 집에서 던지는 첫 질문은 '당신의 인생 레시피는 무엇인가요?'이다. 작가들은 치매 어르신을 깊게 만나며 그들의 인생 이야기로 함께 과일청을 만들었다. 정신이 번쩍들 만큼 매콤했던 순간, 짭짤한 땀과 눈물을 함께 흘렸던 지난 기억을 재료 삼아 어르신의 삶에 꼭 맞는 맛을 찾아낸 '기억담금청'은 한 사람의 삶을 표현하는 음식이자 차 한 잔으로 또 다른 이야기를 시작하는 충분한 매개체가 되었다.

이후 공간을 찾은 이들은 따뜻한 차 한 잔을 마시며 치매에 대한 여러 작가의 고민을 살피거나 마주 앉아 손 일기를 그렸다. 서로에게 내민 손을 바라보고, 조물조물 만져보고, 미세한 주름을 따라 그리며 개인이 지나온 시간과 축적된 경험을 마주했다.

이곳의 모든 자극은 기억이 또 다른 기억으로 이어질 수 있도록 순환의 과정을 지향했다. 친숙한 공간에서 서로 마주하고 계속해서 이야기를 꺼낼 수 있도록 다양한 사람들의 질문을 전시하는 것이 세 번째 기억의 집의 컨셉이었다. 이들의 질문은 단순히 치매에만 머물지 않았다. 오래되고, 쓸모를 잃고, 지체없이 늙어가는 존재를 어떻게 바라볼지에 대한 물음이었으며, 오늘 이곳에서 노인 당사자의 내일을 함께 그려보자는 실천적 제안이기도 했다.

치매 당사자가 사회로부터 단절되는 걸 막기 위해선 '늙어가는 삶'과 '노인에 대한 부정성'을 함께 점검해야만 한다. 용변을 정확히 가리지 못하는 일상, 가족과 자신을 기억하지 못하는 인지력, 예측할 수 없는 감정적 표현들. 우리 사회는 치매 어르신을 대화가 통하지 않는 상대로 상상하지만, 이곳에선 서로의 손을 그리며 충분히 소통이 가능하다고, 타임캡슐처럼 각자의 지난 기억이 담긴 과실청을 마시며 새로운 이야기와 관계가 충분히 시작될 수 있음을 보여준다.

치매라는 질병의 고정된 이미지를 벗어던지고, 누구나 늙고 희미해져 가는 것을 편안히 받아들일 수 있도록 치열히 고민하고 질문을 던지는 자리가 바로 여기, '기억의 집'이다. 이 집의 주인은 치매 당사자 가족만이 아니다. 같은 도시를 살아가며 매일 조금씩 늙어가는 우리가 모두 '기억의 집'에서 이야기를 시작할 주인공이다.

2021 기억의 집 파일럿 프로젝트
〈오늘, 내일 그리고... 어제〉
2021.11.1.~11.20.

미술작가	왕덕경
설치작가	김소영
설치작가	도수민
동화작가	이경아

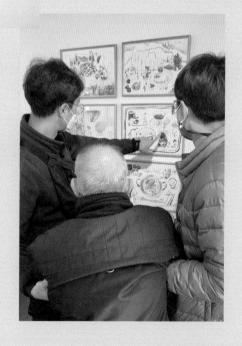

김소영, 쌓이거나 덮인, 2021~
우레탄, 폴리에스테르, 솜, 천

도수민, 87_기억의 노트, 2021
11 Papers, 87 Black drawing pins, Pen
20.5x29 cm (each), Variable dimensions

도수민, 87hours, 2021
Charcoal, Roll Paper, 150x1000 cm
Drawing installation, Variable dimensions

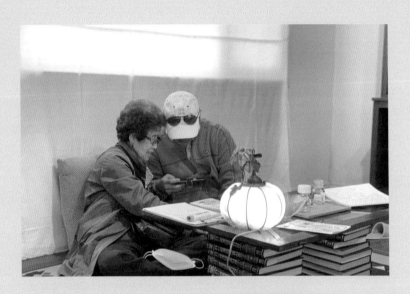

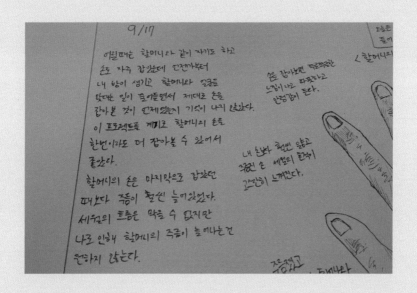

'어릴 때는 할머니와 같이 자기도 하고, 손도 자주 잡았는데 언젠가부터 내 방이 생기고 할머니와 얼굴을 맞대는 일이 줄어들면서 제대로 손을 잡아본 것이 언제였는지 기억이 나지 않았다. 이 프로젝트를 계기로 할머니의 손을 한 번이라도 더 잡아볼 수 있어서 좋았다. 할머니의 손은 마지막으로 잡았던 때보다 주름이 훨씬 늘어있었다. 세월의 흐름을 막을 순 없지만, 나로 인해 할머니의 주름이 늘어나는 건 원하지 않는다. 손을 잡아보면 쭈글쭈글한 느낌이 나고, 따뜻하고, 안정감이 든다. 내 손보다 훨씬 얇고 주름진 손. 세월의 흔적이 고스란히 느껴진다.'

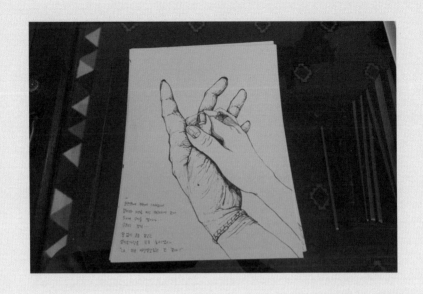

'오랜만에 부산에 내려와서 엄마와 버스를 타고 해운대에 갔다. 신나게 수다를 떨다가... 순간의 정적. 말없이 손을 잡고는 엄지손가락을 꾹꾹 눌러댔다. "나. 지금 사랑받고 있는 것 같아!"'

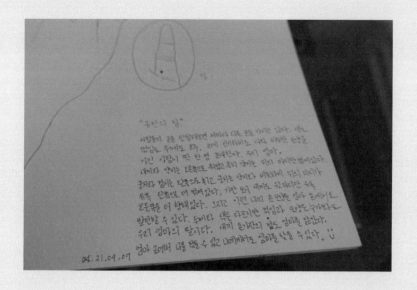

'"유전의 힘". 사람들의 손을 관찰해보면 저마다 다른 손을 가지고 있다. 색도 꺾임도 두께도 모두. 그런데 신기하게도 나와 비슷한 모양을 가진 사람이 딱 한 명 존재한다. 우리 엄마. 새끼와 약지는 오른쪽으로 휘었고, 특히 약지는 위의 마디만 꺾여있다. 중지와 검지는 왼쪽으로 휘고, 중지는 약지와 비슷하게 위의 마디가 유독 왼쪽으로 더 꺾여있다. 가만 보니 새끼도 윗마디만 유독 오른쪽을 더 향해있다. 그리고 이런 나의 손 모양을 엄마 손에서도 발견할 수 있다. 두께와 색은 다르지만, 꺾임과 모양은 누가 봐도 우리 엄마의 딸이다. 새끼손가락의 점도 엄마를 닮았다. 엄마 손에서 나를 찾을 수 있고, 나에게서도 엄마를 찾을 수 있다.'

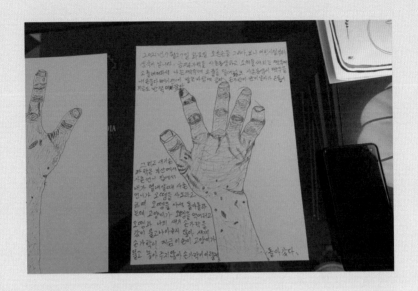

'오른손을 그리다 보니 어린 시절부터 생각이 납니다. 금지 손가락을 사촌 동생하고 소여물 써리는 짝두에 소풀벼와서 나는 짝두에 소풀을 밀어 넣고 사촌 동생이 짝두를 내 손을 다 뻬기 전에 밟는 바람에 금지 손가락이 반이 날아가 손톱이 지금도 반쪽이 없다. 그리고 새끼손가 락은 부산에서 사촌 언니 집에서 내가 열네 살 때 사촌 언니가 오뎅을 사 오라고 해서 시장 갔다 돌아오는데 고양이가 오뎅을 먹으려고 나의 새끼손가락을 물고 놔주질 않아 새끼손가락이 이렇게 돌아갔다.'

마지막 기억의 집
순자 씨의 북청화첩
― 푸른 바다에 담긴 기억

　푸른 하늘과 어울리는 겨울의 바다. 나는 사시사철 바뀌는 산보다는 언제 찾아와도 똑같은 색채, 똑같은 향을 지닌 바다가 좋다. 오직 바다만이 십 년이고 이십 년이고 변하지 않을 유일한 풍경, 익숙함이니까.

　마지막 기억의 집은 부산 바다가 훤히 보이는 청사포, 오색의 기차가 다니는 청사포 철길 앞에 있는 '북청화첩'이란 곳이다. 북청화첩

의 사랑방 곳곳은 마치 1980년대의 어느 날로 돌아온 듯 그 시절, 그
날의 요소들로 가득했다. 마흔이 넘은 아들보다 더 나이가 많은 양념
통, 빙글빙글 돌리는 다이얼 전화기, 주판, 성냥과 재떨이, 아들 낳은
기념으로 아버님께서 선물해 주셨던 라디오. 각자의 사연으로 들고
온 추억의 물건이지만, 이 물건들이 모여 우리가 같은 정서를 공유하
던 과거의 순간으로 이끌어 간다. 방 안에 놓인 성냥과 재떨이가, 금
성사 특유의 엔틱한 디자인의 라디오가 과거의 기억을 하나씩 꺼내
기 시작했다.

"그땐 진짜 돈도 없을 때라서 겨울마다 연탄불 채운다고 매일 밤 고생
했어. 연탄재 그거는 억수로 무겁거든.."
"저도 기억나요. 어디나 안쪽 방은 연탄을 땠잖아요. 예전에 연탄 차
오면 뛰어나가고 그랬는데.."

청사포에 열린 마지막 기억의 집을 찾은 이들은 서로의 기억을
짐작하고픈 딸과 어머니다. 어머니는 꾸며진 공간을 보며 반가운 목
소리로 지난날의 일상과 힘들었던 순간을, 마룻바닥을 따뜻하게 덥히
기 위해 애써야 했던 어린 날의 노동부터 꺼내기 시작했다.

살가운 이야기를 나누는 그들 앞에 노란 꽃잎을 지닌 국화차가
놓인다. 어머니의 삶이 따스한 차처럼 잘 우러나길 바라는 마음에서
예술가들이 직접 재배하고 길러낸 차다. 1970년대 유행하던 주전자

와 찻잔 세트를 본 어머니는 너무나 갖고 싶던 것이라며 지난 시간의 결핍을 말했다. 기억을 다시 꺼내기 위해 대단한 예술 작품을 만들지 않아도 된다. 오히려 평범했던 사람들이 사용하던 평범한 물건에 이 처럼 고유한 이야기가 깃들어있다. 누구나 그 시대 그때의 기억을 소 환시킬 수 있도록 작은 찻잔, 여전한 향기면 충분하다.

젊은 시절 학교 행정실에서 일하셨다는 어머니는 탁자 위에 놓 인 치매 어르신들의 과거 앨범을 한 장씩 넘기며 사진 속 학생들의 교 복 이야기를 이어갔다.

"이 학교가 유명했지. 교복 보니 보수동에 있는 그 학교네. 그때 8학 급까지 있었어. 사진 다시 보니까 촌스럽긴 한데 이런 교복까지 입혔 다는 건 최고의 학교였다는 뜻이지. 전쟁 이후에는 부산 광복동이 중 심에서도 제일 중심이었어."

"일은 언제 그만두신 거예요? 그래도 그 시절에 학교 행정실에서 일 하셨으면 꽤 좋은 직장이었을 것 같은데요, 엄마?"

"결혼하면서 그만두었지. 그냥 너희들 키우려고. 그때는 다 사립학교 다 보니 결혼하면 그만두는 게 당연한 분위기었어. 결혼하면 나는 당 연히 아이들 키우며 살아가겠다고 생각했지."

사진으로 기억의 첫 장면을 되찾자 그 시절 학교 행정실에 보냈 던 소소한 사건과 어린 날의 꿈이 떠올랐다. 어머니는 사진을 오래 매

만지며 그때, 그 순간의 이야기를 말해주었다. 내 꿈이 무엇인지 알지 못했고, 내가 무엇을 좋아하는지 알아보겠다는 생각도 하지 못한 채 지냈던 시간들. 언제가 가장 행복했냐는 물음에 어머니는 아이들에게 각자의 가정이 생기고 모두 떠나보내던 그 마지막 밤이, 초등학교부터 시작해 대학교까지 한 명씩 차례대로 보냈던 그 등교 날의 아침이 가장 즐거웠다고 고백했다.

딸의 꿈은 교사였지만, 임용고시 시험을 세 번 떨어졌다. 1년에 딱 한 번 보는 시험에 떨어져 하염없는 시간을 감당해야만 했던 그였지만, 곁에 있는 가족 누구도 보채지 않고 그저 '수고한다'는 묵묵한 지지의 언어만 건넸다고 한다.

"열심히 하는데 안 되면 본인이 더 마음이 아플 건데... 내가 그걸 뭐라고 말할 이유가 없는기라."

때론 꺼내지 않은 말에 가장 큰 의미가 담기기도 한다. 사진을 넘기며 천천히 말을 닫던 어머니는 이윽고 고요히 앨범만 넘기고 또 넘겼다. 지난 앨범을 통해 기억 속 장면을 넘나들며 감정을 더듬는 어머니를 보며 알 듯 모를 듯 미묘한 웃음을 짓는 딸. 즐거운 기억은 즐거운대로, 행복한 기억도 행복한 대로. 어머니가 더듬어가는 기억들 속엔 즐겁고 아픈 기억을 지닌 딸의 모습 전부가 담겨 있다.

두런두런 그간 전하지 못한 말을 남긴 이들은 서로의 삶을 오래 기억하기 위해 기록을 시작했다. 전통 기법에 따라 삶의 기억을 한 장면씩 채워가는 '인생 화첩'이다. 두 사람은 다섯 개의 구멍으로 원하는 색의 실을 골라 기억을 잇는다. 아래에서 위로, 방향을 바꿔 지나쳤던 곳을 통과하며 위에서 아래로 다시 바늘을 찔러 넣는다. 행위가 반복될수록 종이는 탄탄히 묶였다.

"어머님, 이 화첩은 어머니만의 기억의 집이에요. 우리 제목을 어떻게 달면 좋을까요?"
"나 말고... 영희라는 이름으로 할래."
"그거 좋네요. 그러면 가명으로 '영희의 추억' 어떨까요? 어머니, 연필로 '영희의 추억'이라고 적어주실래요?"

독특한 글씨체를 가진 어머니는 또박또박 힘주어 글씨를 쓰셨다. 한 글자씩 적어가는 어머니를 보며 편안히 미소를 짓던 딸도, 자신만의 인생 화첩에 제목을 적는다. 인생이 긴 여정인 것 같다는 어머니는 눈앞에 놓인 다양한 모양의 스탬프도 만지다 생기 있던 시간을 선명히 남기고 싶다는 마음으로 푸른 침엽수의 스탬프와 카메라 도장을 함께 들었다.

앞으로 이 책을 완성하는 건 두 사람의 몫이다. 못다 한 이야기가 있다면, 혹은 전하고 싶은 이야기가 있다면 함께 만든 인생 화첩이

내 삶의 책갈피가 되어 언제든 오늘의 감정으로 인도할 것이다. 책갈피는 내가 어디까지 읽었는지 알게 하는 지표이자 이야기가 더 이상 뒤로 후퇴하지 않도록 지켜주는 훌륭한 방파제가 된다. 하루에 대한 기록은 내 일상에 책갈피를 꽂아두는 것과 똑같은 효과가 있다. 변화를 원하는 사람일수록 그리고 소외된 사람에 주목하는 사람일수록 기록이 필요하다. 기록하지 않으면 기억되지 않는다. 오직 기록한 사람만이 사람과 상황에 대한 기억을 이어갈 수 있다.

기록의 힘은 사회로도 이어진다. 누군가에게 나의 이야기를 전달하는 것에서 그치지 않고, 누군가의 존재를 인지할 수 있도록 하는 것이 기록의 힘이다. 기록이 쌓이면 도시가 가지고 있는 새로운 변화의 가능성이 높아지고, 잠시 쉬었다 가더라도 언제든 다시 시작할 수 있는 사회적 논의가 만들어진다.

기록은 문장을 유려하게 쓰는 사람만이 할 수 있는 것은 아니다. 오늘 만든 '영희의 추억'처럼 내가 표현하고자 하는 일상과 그 색깔에 맞는 방식을 선택한 이라면 누구나 할 수 있다. 일기라는 형식도 좋고 짧은 만화나 그림책, 시나 사진으로도 충분하다. 무의미하게 흘러간 지난 시간에 대한 재해석으로 나의 기억을 다른 세대와 직면하고 함께 긍정하는 노력이 필요하다.

당신의 과거는 흐릿하지만, 아이들의 초등학교 등교 모습만큼은 분명히 기억하는 어머니, 그리고 어머니를 따라 집안만을 돌보며 살아가는 게 당연한 줄 알았던 딸. 1960년의 그리운 물품이 가득한 이곳 북청화첩을 찾은 모녀는 오늘에야 비로소 서로가 무엇을 좋아하고, 무엇을 아쉬워하는지 또렷하게 알아나간다.

'기억의 집'은 예술로 치매 문제를 다루며 부산의 다양한 사람을 초대했다. 누구도 혼자가 되지 않도록 치밀하게 설계했고, 새로운 변화를 퍼트리기 위해 부산 곳곳으로 흩어져 네 개의 기억의 집을 촘촘히 지었다. 우리는 공간을 통해 다른 삶을 경험하고, 새로운 가능성을 기록해 축적할 수 있다는 걸 확인했다.

문화는 우리의 생각을 바꾸고, 생각은 다시 선택을 지배한다. 한 세대의 문제를 그들만의 영역으로 두지 않겠다는 것이 결국, 이 작업이 선언할 가장 큰 가치일 것이다. 기억의 집은 이제 새로운 공간을 제안한다. 세대로 경계 지은 경로당이 아니라 다양한 시민이 모여 다른 세대가 처한 문제를 함께 고민하고 해결방안을 모색해가는 공간이 기억의 집이 나아갈 다음 버전이다. 아이들의 성장, 청년의 불안, 중년의 자존과 노년 세대의 치매를 더불어 품는 공간이자 자존과 기억의 동반 상실로 예술 치유가 필요한 모든 소수자가 앞으로 지어질 기억의 집의 주인일 것이다. 창밖으로 청사포 푸른 바다가 보이는 마지막 기억의 집에서 여섯 명의 예술가는 이제 새로운 기획을 시작한다.

북청화첩 – 우린 순자 씨의 기억을 쫓아갑니다

　네 번째 기억의 집은 부산의 조용한 항구, 바다를 품고 일하는 청사포 해녀의 기억에서 시작한다. 북청화첩의 주인은 '순자 씨'다. 순자 씨는 1960~1970년대 가장 푸르던 시절을 보냈던 어르신의 보편적인 이름이다. 해녀라는 낯선 직업, 어촌이라는 생소한 환경에서 만나는 순자 씨들의 일상은 비슷했다.

　볕이 드는 곳에서 하루의 소출을 말리고, 싱싱한 해물을 사러 온 관광객들에게 물에 젖은 거스름돈을 건넨다. 맑은 바다를 일터 삼아 하루를 일구고, 바닷물로 계절의 온도를 느끼며 살아가는 분들. 마지막 기억의 집은 한 번의 잠수마다 조금씩 기억을 잃어가는 분들에 주목했다. 잠수병으로 뇌수술 받은 해녀, 이런저런 노동의 여파로 인지장애가 나이에 비해 빨리 찾아온 어머니다. 치매는 오직 노화만으로 발생하는 질병이 아니다. 이처럼 내 삶에 몰입하고 최선을 다했기 때문에 일어나는 노동의 상흔이기도 하다.

북청화첩에 꾸며진 '기억의 집'엔 청사포 해녀의 일상이 가득하다. 따스한 창가 앞으로 해녀복과 망태가 걸려 있고 오래되어 해져가는 낡은 해녀복 밑으로 '영철이네 해삼 3봉, 아랫마을 김 씨 전복 2봉…' 삐뚤빼뚤한 글씨로 누구와 소출을 나눴는지 적힌 교류의 기록이 놓여있다. 탁경아 대표는 청사포를 자주 오가며 경증 치매에 놓인 해녀 세 분을 만났다. 부지런히 찾아와 곁에서 그들의 이야기를 듣고, 어르신들의 사진과 편지, 생활 노동의 물품으로 청사포가 담긴 새로운 공간을 창조해냈다.

처음엔 낯선 해녀의 기억을 통해 동 세대 순자 씨들의 이야기가 시작될 수 있을까 염려했지만, 참여한 어르신 모두 작은 찻잔과 화장대, 금성사의 오래된 라디오만으로도 모두 자신의 지난 기억으로 회귀했다.

골목 끝 북청화첩을 찾은 시민들은 푸르던 시절의 기억을 인생화첩에 담았다. 어색한 얼굴로 대문을 두드렸던 이들이 2시간의 프로그램을 마치고는 하나씩의 화첩을 들고 설레는 얼굴로 골목을 나선다. 어르신들은 내가 누구였는지 새롭게 알아가는 시간이 아주 편안했다고 말했다. 예술은 통한 연결의 목적은 단순하다. 나의 모든 순간을 긍정하는 것. 그 어떤 시간도 세어나가지 않고, 나를 위한 시간으로 축적될 수 있도록 기억을 재구성하는 것이 예술의 역할이다.

북청화첩의 큰 유리창으로 청사포 해안까지 쭉 뻗은 골목이 보였다. 이 골목은 바닷길까지 하루도 빠짐없이 오가던 청사포 어머니들의 삶이 담긴 골목이자 수많은 부산 시민이 오가는 '갈맷길'이기도 하다. 갈매는 순우리말로 깊은 바다를 뜻하고, 북청은 아주 깊은 바다의 푸른색을 의미하니 달라진 시대, 해녀의 흔적을 품을만한 인생 화첩으로 적절한 곳이다. 예술가의 접근으로 바닷냄새가 가득한 북청화첩은 누구나 자신의 감정을 표현하고 소통하고 환기할 수 있는 공간으로 재구성되었다. 이처럼 부산의 다른 장소도 예술 치유를 위한 공간으로 하나둘 변모할 것이다. 과거의 기억과 앞으로의 환대, 오늘의 교류를 위해 기억의 집은 또 다른 형태로 이어질 것이다.

2021 기억의 집 파일럿 프로젝트
〈순자 씨의 북청화첩〉
2021.11.2.~11.14.

커뮤니티 아트센터 '숲'

대표 미술작가   탁경아
조력자   안소영, 김희진, 강은희
영상   수민동락 남인숙

224

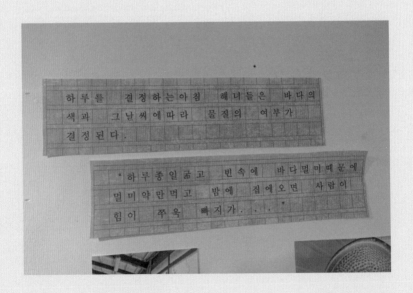

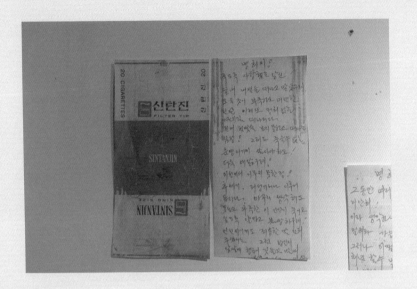

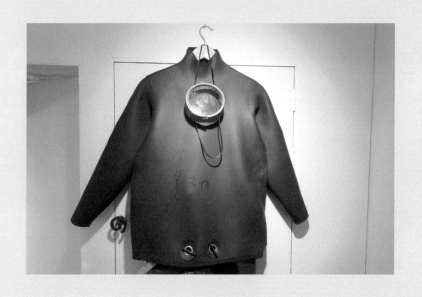

에필로그
기억의 집을 나서며

어르신의 문제가 나의 문제다

뿌연 먼지구름과 함께 지나가는 육중한 트레일러와 그 위에 놓인 새빨간 컨테이너. 창 너머 부두엔 골리앗이 보이고, 페인트로 쓰인 알지 못할 언어의 화물들이 눈부신 햇빛을 반사한다. 심장 박동이 세포 구석구석 신선한 공기를 공급하듯, 세계의 항구를 구석구석 다녔던 화물선이 찬란한 물건을 내리고, 트레일러 운전사들은 서둘러 고속도로에 오른다. 너무나 부산스러운 풍경. 끌어내리고, 다시 실어 올리는 것이 전부인 항구도시의 일상은 얼핏 복잡해 보이지만 내막은 실로 단순하기만 하다.

내가 머무는 도시 부산은 한때 제2의 수도라 불렸던 명성이 무색할 정도로 매년 빠르게 노화되는 중이다. 그 어떤 광역시도보다 65세 이상 노인 인구의 비율은 가파르게 상승하는 반면, 청년 인구의 유출은 붙잡지 못하는 도시. 새로운 시민들의 진입을 유도할 양질의 일자리와 안락한 주거 환경을 제공하지 못한 채 이곳은 점점 노쇠한 과거의 도시가 되어간다. 충분히 저물어가는 부산이 초고령화 도시가 된다는 건 이미 여러 데이터로 나와 있는 객관적인 사실이다. 어찌하든 이제 '노인을 중심으로 한 도시'를 새롭게 상상해야만 하는 것이다.

하지만 당장은 당면한 현실을 부정하는 것에 바빠 보인다. 노인이 도시의 중심이라는 선언에 부담을 느꼈는지 슬그머니 65세로 가름하던 노인의 기준을 조금 더 높여보자는 해법을 제시한다. '100세 사회'인 만큼 65세라는 기준은 적절치 않다는 논리다. 이는 본질적인 문제는 아무것도 해결하지 않은 채, 데이터에만 착시를 주려는 꼼수로 그 어떤 생산적인 논의로도 이어지지 못했다.

모두가 노인으로 불리고 싶지 않을 때, 노인과 함께 살아갈 도시를 상상하는 이는 없을 것이다. 우리는 아직도 노인을 '치료의 대상'이거나 '보호의 대상'으로 여길 뿐, 더불어 살아가는 동반의 대상으로는 바라보지 못한다. 노인을 초대할 삶의 자리도 구체적으로 마련되지 않았고, 그들과 어떤 역할을 나눌지도 명확히 정리되지 않았다. 노인의 역할 공백과 무용함은 사회적으로 인증받는 늙음을 더욱 더 두렵게 만들었다.

　노인이 된 이후 느끼는 주관적인 박탈감을 해소하기 위해 공공에서도 다양한 시도가 이뤄지고 있다. 우선 서울에선 노인이란 언어에 담긴 부정적 이미지를 탈피하기 위해 기존에 있던 노인복지과를 '어르신 복지과'로 변경했다. 대상을 앞으로 어떻게 부를 것인지에 대한 선택에서 경제적 능력과 신체 기능으로 이웃을 차별하지 않겠다는 철학적 고민이 드러나는 것이다.

　노인학자 로버트 버틀러 박사는 이처럼 나이에 의한 고정관념과 편견을 '연령차별', 곧 '에이지즘'이란 단어로 정의했다. 나이 든 사람에 대한 편견이나, 나이로 차별을 두는 것, 노화나 늙음을 혐오하는 현상 모두 '에이지즘'에 해당한다. 에이지즘으로 느껴지는 감정은 도시에서 자신의 존재감을 잃어가는 소수자의 또 다른 개념이 될 수 있다. 노인 역시 생산적인 일에 진입하는 것에서 여러 차례 장벽을 경험하고, 종국에는 이제 다시는 사회적으로 기능할 수가 없다고 스스로 판단한다. 내가 누구의 도움 없이는 당당히 존재할 수 없는 사회의 짐으로 자연스레 생각하는 것이다.

　나는 이런 상황에서 '에이지즘에 대항하는 실험'을 할 수 있는 대도시로 바로 여기, 부산이 가장 적절하다고 생각한다. 어느 광역시보다 빠르게 노인이 중심이 되는 도시, 동시에 노인의 존재를 적극적으로 지워내려 하는 도시에서 에이지즘에 대항하는 실험으로 우린 치매 어르신을 위한 '기억의 집'을 이어갔다.

치매가 고통스럽다는 것은 다들 어렴풋하게 알고 있지만, 그래서 구체적으로 무엇이 문제인지, 어떤 감정적 상황을 마주하는지는 알지 못한다. 그래서 '기억의 집'은 치매 당사자 가족과 부산시 많은 분이 참여할 수 있도록 열린 구조로 진행했다. 한 번의 접촉만으로 치매 어르신과 새로운 접점을 마련하긴 어려웠지만, 다음 이야기를 던지고 함께 고민할 수 있는 화두로는 충분한 의미를 만들어 내었다. 우리의 미션은 치매 문제 해결을 위한 새로운 소통 모델을 개발하는 것이었다. 어르신이 자신의 감각을 활용하며 삶의 다채로움을 느낄 수 있는 예술 모형이 나온다면 소멸하던 도시의 활력도 되찾을 수 있을 것이다.

앞으로 우리가 해야 할 실험은 다양하고 명확하다. 곳곳에 '기억의 집'을 만들어 더 많은 어르신이 자신의 기억을 꺼내며 새로운 이들과 이야기를 시작하도록 수많은 방식으로 초대하는 것이다. 경제적 기능이 아닌 사회적 기능으로, 혹은 또 다른 관점으로 어르신을 어떻게 바라봐야 할지에 대한 질문을 던지고, 편견과 차별로 도시 외곽으로 밀려나는 또 다른 소수자의 삶을 기억할 수 있도록 계속해서 기억의 집을 기획하고 시도해야 한다.

세이브 트리부터 북청화첩까지 총 네 곳의 '기억의 집'을 기록했고 이건 문장으로 지은 마지막 기억의 집이다. 우리가 주목한 문제지점에 대한 공감을 구하면서, 치매 어르신과 보호 가족의 어려움이 곧 이 도시의 문제라는 것을 설득하기 위해 모든 과정을 기록했다. 치매 어르신은 미디어에서 다루는 것처럼 함께 하기 어려운, 이질적이고 공포스러운 존재가 아니라 나와 가까이에서 같은 경험을 이어왔던 사람이었다.

치매 어르신을 향한 환대가 사라지는 시절, '기억의 집'을 통해 새로운 고민이 시작되길 희망한다. 먼지 쌓인 오래된 사진만 보아도 그 순간의 모든 것이 되살아나는 것처럼 손때와 흔적이 담긴 공간의 공감각적 힘으로 새로운 치유를 위한 가능성이 실험되길 희망한다.

항구는 낯선 사람을 가까이 받아들이고, 가깝던 사람을 낯설게 떠나보낸다. 그렇게 파도치듯 떠남과 머무름이 교차하는 도시 부산에서 '기억의 집'이 던진 화두는 이제 여러분의 몫이 되었다. 당면한 문제의 구체적인 해법은 아니더라도, 그 누구도 구성원에서 배제되지 않도록 서로를 끊임없이 초대해내는 이야기를 만들어보자.

당신이 만들 '기억의 집'을 응원한다.

2021년 맞춤형 실버문화복지 지원사업

기억의 집

ⓒ 2021, 우동준

초판 1쇄	2021년 12월 30일
기획	부산문화재단 문화공유팀
발행처	부산문화재단
	48543 부산광역시 남구 우암로 84-1(감만동)
	www.bscf.or.kr
글쓴이	우동준
참여작가	김종희(문화공간 빈빈), 왕덕경(미술작가), 이지숙(극단 배우, 관객 그리고 공간), 전현미(뮤직인피플), 탁경아(커뮤니티아트센터 숲)
일러스트	이유진
책임편집	조형수, 김연진
제작 및 유통	호밀밭
등록	2008년 11월 12일(제338-2008-6호)
주소	부산 수영구 연수로357번길 17-8 1층
전화, 팩스	051-751-8001, 0505-510-4675
전자우편	homilbooks@naver.com

Published in Korea by Homilbooks Publishing Co, Busan.
Registration No. 338-2008-6.
First press export edition December, 2021.